하북평가
검술천재

KB121953

하북팽가 검술천재 33

2024년 7월 18일 초판 1쇄 인쇄
2024년 7월 23일 초판 1쇄 발행

지은이 이도훈
발행인 김관영

기획 박경무 강민구 임동관 조익현 최시준 신정윤
책임편집 주현진
마케팅지원 유형일 장민정

발행처 (주)로크미디어
출판등록 2003년 3월 24일
주소 서울시 마포구 마포대로 45 일진빌딩 6층
Tel (02)3273-5135 Fax (02)3273-5134
홈페이지 rokmedia.com E-mail rokmedia@empas.com

© 이도훈, 2022

값 9,000원

ISBN 979-11-408-1733-7 (33권)
ISBN 979-11-354-7650-1 04810 (세트)

이 책의 모든 내용에 대한 편집권은 저자와의 계약에 의해
(주)로크미디어에 있으므로 무단 복제, 수정, 배포 행위를 금합니다.

작가와의 협의에 의해 인지는 생략합니다.
잘못된 책은 구입처에서 바꾸어 드립니다.

이도훈 신무협 장편소설

하북팽가

검술천재

33

차
례

길조

괴인을 향해 떨어지는 것은 분명히 악신의 형상이었다.

악신은 전설에 의하면 부처의 탈을 쓰고 있다고 했다.

순간 괴인은 자신의 제자를 통해 보내 놓은 불상이 떠올랐다.

"아니, 저건……."

괴인은 말을 맺지 못했다.

불타오르는 불상이 덮쳐 왔기 때문이었다.

괴인은 재빨리 손을 뻗었다.

순간 불꽃이 그의 온몸을 뒤덮었다.

세상을 집어삼킬 듯한 불꽃을 괴인은 한 손으로 막고 있었다.

하지만 불꽃은 괴인을 삼켰다.

화르륵.

괴인은 그 불꽃과 함께 떨어졌다.

같은 시각 불광사.

불광사를 빠져나가기 위해 길게 늘어선 행렬을 지휘하던 남해천왕은 눈을 가늘게 떴다.

바닥에서 알 수 없는 진동이 느껴졌기 때문이다.

드르륵.

마치 지진이라도 난 것 같은 느낌에 남해천왕이 다급하게 손짓했다.

"모두⋯⋯."

하지만 남해천왕은 말을 맺지 못했다.

멀리 불광사의 뒤쪽에서 불꽃이 솟아올랐기 때문이었다.

그 불꽃은 마치 전설 속의 불새와도 같았다.

그 모습을 본 백성들은 눈을 크게 떴다.

"불새다!"

"어머니, 저건 진짜 불새 같아요. 이렇게 아름다운 불꽃놀이는 처음 봐요!"

아이는 신기한지 멀리 보이는 불새를 가리켰다.

일반 백성들만이 아니었다.

황족들도 불새를 보고 깜짝 놀랐다.

지금의 정확한 상황을 아는 이는 그들 중 없을 것이었다.

만약 그들의 발아래 수천 근의 벽력탄 혹은 진천뢰가 묻혀 있다는 것을 안다면?

불새를 보고 아마도 까무러쳤을 터.

하지만 그들은 행복한 표정으로 불새를 감상하고 있었다.

이들 중에는 현비와 효명도 포함되어 있었다.

불새를 본 효명은 두 손을 모으고 소원을 빌었다.

그게 시작이었다.

황족들은 하나둘 두 손을 모으고 경건한 마음으로 소원을 빌기 시작했다.

불새를 보고 소원을 빌면 꼭 이루어진다는 전설 때문이었다.

현비는 효명을 바라봤다.

"어떤 소원을 빌었니?"

"그건 비밀이에요, 어마마마."

효명이 빙긋 웃자 현비가 말했다.

"꼭 누굴 흉내 내는 것 같구나."

"누구요?"

"그건 비밀이란다."

현비가 똑같이 맞받아치자 효명이 입을 쭉 내밀었다.

모두가 불새를 보며 길조라고 흥분하고 있을 때였다.

하늘로 떠올랐던 불새의 크기가 점점 줄어들었다.

한데 뭉쳐 있던 불꽃이 흩어지기 시작한 것이다.

그 불꽃은 천천히 불광사로 내려왔다.

마치 불꽃 비가 내리는 듯한 상황.

물론 그 장면마저도 사람들의 눈에는 신기하게 보였다.

하지만 한빈은 이 상황을 그냥 두고 볼 수 없었다.

만약 불꽃 중 하나가 바닥에 묻혀 있는 진천뢰에 영향을 미친다면?

낭떠러지에 불상을 떨어뜨린 일은 헛수고가 되어 버린다.

한빈은 재빨리 외쳤다.

"모두 불꽃을 잡아!"

말을 마친 한빈은 재빨리 불꽃을 향해 달려 나갔다.

'구걸십팔보!'

사삭.

한빈이 낙엽 밟는 소리만 남기고 사라지자, 설화와 청화도 신형을 감추었다.

한빈이 무슨 말을 하려는지 모르는 사람은 없었다.

그들은 이를 악물고 바닥에 내려앉는 불꽃을 잡았다.

연등회를 구경하던 백성들은 그 장면마저도 신기하게 보았다.

그들은 한빈과 동료들이 곡예를 벌이고 있다고 생각한 것이다.

한빈이 잡아 낸 불꽃은 무려 백 개가 넘었다.

하지만 아직도 하늘 위에서는 불꽃이 떨어지고 있었다.

이것은 마치 진짜 소나기 같았다.

자연의 섭리를 사람이 막을 수 있을까?

막을 수 없다고 확실하게 말할 수 있다.

무공은 자연의 섭리를 따르는 것을 기본으로 하고 있으니
말이다.

바람을 막지 못하듯 비도 역시 막을 수 없었다.

문제는 그럼에도 이번 불꽃은 반드시 막아야 한다는 점이
었다.

그때였다.

갑자기 바람이 불어왔다.

불꽃은 꺼지지 않고 도리어 크기를 키웠다.

거기에 더해서 불규칙적으로 방향을 바꾸었다.

한빈이 어이가 없다는 듯 떨어지는 불꽃을 낚아챘다.

"이건 똥개 훈련을 시키는 것도 아니고……."

"공자님, 저는 벌써 서른 개를 잡았어요!"

설화가 기분 좋게 외치자 청화가 손을 들었다.

"저는 서른한 개요!"

그때였다.

멀리 있던 조 환관도 외쳤다.

"주군, 저는 마흔 개를 잡았습니다!"

순간 설화와 청화가 속도를 높였다.

그들의 모습을 보던 심미호는 곡괭이를 내려놨다.

그들은 경쟁이라도 하듯 떨어지는 불꽃을 잡아 냈다.

불가능하리라고 봤던 일은 어느새 끝을 향해 달리고 있었다.

한빈이 걸음을 멈췄다.

"휴."

그 한숨 소리와 더불어 모든 일이 끝났다.

한빈 일행이 하늘에서 떨어지는 불꽃을 막아 낸 것.

동시에 멀리 있던 구경꾼들이 손뼉을 쳤다.

"멋있다."

"어느 곡예단에서 나온 거지?"

"나중에 우리 집에도 한번 불러야겠네."

그들은 한빈 일행이 공연을 펼쳤다고 착각했다.

다만 한빈의 얼굴을 아는 몇몇만은 표정을 굳혔다.

"저, 저기 팽 공자님 아닌가요? 어마마마."

"그렇구나. 그런데 팽 공자가 왜 저기서……."

현비는 말끝을 흐리며 재빨리 효명을 안았다.

한빈의 모습에서 본능적으로 위기를 알아챈 것이다.

물론 다른 이들은 한빈 일행에게 계속해서 찬사를 보냈다.

한빈과 그 일행의 움직임이 환상적으로 보였기 때문이었다.

모두의 찬사에도 한빈은 조용히 주변을 살폈다.

그 모습에 설화가 말했다.

"이제는 쉬세요. 너무 무리하신 것 같아요, 공자님."

"아니다. 조금 더 살펴야겠어. 강호 속담에 꺼진 불도 다시 보자는 말이 있잖아."

"그런 속담이 있었어요?"

설화가 의문을 표할 때였다.

한빈이 고개를 갸웃했다.

"어디서 탄 냄새가 나는 것 같은데?"

"정말이네요."

심미호도 주위를 두리번거렸다.

순간 한빈의 눈이 커졌다.

멀리 있는 나무 밑동이 불에 타고 있었기 때문이다.

순간 놀란 한빈이 재빨리 나무를 향해 달려갔다.

역시 강호 속담은 맞았다.

꺼진 불도 몇 번씩 다시 봐야 사고를 막을 수 있었다.

그때였다.

나무 밑동에 붙었던 불이 꺼졌다.

치지직.

마치 물을 부은 것처럼 연기를 내며 꺼지는 불.

한빈은 고개를 갸웃했다.

누군가 불을 끈 것이 분명했다.

그때 나무 뒤에서 누군가 나왔다.

"아, 시원하다."

손을 털며 나무 뒤에서 모습을 드러낸 이는 다름 아닌 광개였다.

광개가 두 손을 활짝 벌렸다.

"형제여, 잘 지냈는가?"

"오랜만이군, 광개."

"그런데 왜 그런 눈으로 보지?"

광개가 의심 가득한 눈으로 한빈을 바라봤다.

아마도 이곳의 사정은 모르는 것 같았다.

지금도 그냥 지나가다가 볼일을 본 것이 틀림없었다.

광개가 운이 좋다고 해야 할까?

아니면 여기 있는 모두가 운이 좋다고 해야 할까?

자세히 보니 나무의 밑동 가까운 곳에 실밥 하나가 나와 있었다.

진천뢰를 터뜨릴 수 있는 심지가 분명했다.

만약 광개가 조금만 더 늦게 볼일을 봤다면?

한빈이 조용히 말했다.

"내가 나중에 한턱내지."

"뭐? 대체 무슨 일인지는 몰라도 어쨌든 반갑네, 팽 공자."

덥석 안으려는 광개를 한빈은 재빨리 피했다.

"손이라도 씻고 오지?"

"내 손?"

"그래, 볼일을 봤으면 최소한 손을 씻어야 하지 않나?"

"음식을 먹으면 어차피 더러워질 손인데……."

광개가 못마땅한 듯 한빈을 바라봤다.

순간 한빈의 옆에 있던 심미호가 곡괭이를 들었다.

곡괭이를 들고 천천히 다가가는 심미호를 본 광개가 뒷걸음쳤다.

"씻고 오겠소. 지금 씻겠소. 그러니 그건 내려놓으시오."

　　　　　　　　🐟

불광사의 대웅전.

이곳 사찰의 대웅전에는 지금 황실과 무림의 수뇌부가 모여 있었다.

이번 사건의 경위를 듣고 난 그들은 모두 다 입을 벌렸다.

물론 모든 사실을 그들에게 밝힌 것은 아니었다.

혈고에 의한 판단이었다고 해도 모든 사실을 알게 되면 남해천왕은 무사하지 못할 것이었다.

사실 남해천왕은 모든 사실을 털어놓고 죗값을 받겠다고 했다.

그런 그를 말린 것이 바로 한빈이었다.

한빈의 생각은 간단했다.

아군은 늘이고 적군은 줄인다.

이것은 병법의 가장 기초였다.

혈고를 제거한 남해천왕은 누가 뭐라 해도 한빈에게는 든든한 아군이었다.

그런데 그런 그의 목이 날아간다면?

좋아할 놈들은 따로 있었다.

한빈은 두 눈 뜨고 그런 일을 두고 볼 사람이 아니었다.

한빈은 반협박으로 이 일 중 남해천왕에게 불리한 것은 모두 덮기로 했다.

이야기가 거의 마무리되자 황실의 종친 중 하나가 자리에서 일어났다.

그는 조용히 구석을 향해 포권했다.

그게 시작이었다.

황족들은 하나둘씩 일어나 같은 방향을 향해 포권했다.

마치 불상을 향해 지성을 드리는 듯한 경건한 자세.

그들이 향한 곳은 다름 아닌 한빈이 있는 쪽이었다.

한빈은 자신도 모르게 마주 포권했다.

황족 중 가장 지긋한 나이의 사내가 입을 열었다.

"우리는 자네에게 은혜를 입었다네. 수명이 다하는 날까지 자네의 은혜를 잊지 않겠네."

"아닙니다. 나라의 백성으로서 할 일을 했을 뿐입니다."

한빈이 가볍게 답하자 상대가 다시 말을 이었다.

"사실 자네의 인덕에 대해서는 많이 들었다네. 유림 서원의 장유중 학사를 통해서도 들었고, 여기 있는 현비 마마께도 들었네. 혹시 중앙으로 올 생각이 있으면 내게 말해 주게."

말을 마친 그는 조용히 대웅전을 빠져나갔다.

그가 빠져나가자 남해천왕이 작은 목소리로 말했다.

"황실의 제일 어른이신 영친왕이네."

"아!"

한빈이 탄성을 질렀다.

영친왕이 자신에게 감사의 뜻을 표했다.

사실 영친왕이라면 조정에서 황제 다음의 권력을 쥔 자라고 봐야 했다.

그런 그가 저렇게 고개를 숙이다니!

한빈은 자신도 모르게 입꼬리를 올렸다.

생각지도 못한 아군을 하나 더 늘린 것 같아서였다.

그때였다.

옆에 있던 설화가 고개를 갸웃했다.

"공자님, 뭔가 깜빡한 게 있는 것 같아요."

"깜빡하기는 뭘……."

"아니에요. 아무래도 뭔가 이상해요."

"흠, 혹시 우리가 끼니를 걸렀나?"

"그것보다 더 중요한 것 같아요. 근데 왜 생각이 안 나는 건지 모르겠어요.”

“혹시 그게 네 무공에 관한 대화가 아니었을까?”

“제 무공이요?”

“그래, 네가 불상을 들었을 때 쓴 무공 말이다. 내가 알기로는 처음 보는 무공 같은데?”

“맞아요. 저도 어떻게 그런 기운이 나왔는지 모르겠어요.”

설화는 고개를 가로저었다.

그 말에는 조금의 거짓도 없었다.

설화는 자신의 무공이 북해빙궁의 것인지 알지 못했다.

그저 한빈에게 조금이라도 도움이 되고자 노력했을 뿐이었다.

손이 타들어 가는데도 불상을 놓지 않는 모두를 보자, 가슴에서 뭔가가 탁 하고 치고 나왔다.

그 후 갑자기 온몸에서 기운이 휘몰아쳤다.

난감해하는 설화의 표정을 본 한빈이 웃었다.

“북해에 가면 아마도 밝혀지겠지. 그때까지 그 기운은 조심해서 사용해야 한다.”

“지금은 어떻게 쓰는지도 몰라요. 아까는 우연이었던 것 같아요, 공자님.”

“그래, 알았다.”

한빈이 고개를 끄덕일 때였다.

심미호가 조심스럽게 다가왔다.

"이건 어디에 둘까요? 주군."

"그건……."

한빈이 놀란 얼굴로 심미호의 손에 들린 도끼를 바라봤다.

그것은 바로 요미의 거대한 도끼였다.

옆에 있던 설화도 손뼉을 쳤다.

"저거였어요. 뭔가 찝찝했던 거요."

"그래, 빨리 가 보자."

자리에서 일어난 한빈은 재빨리 대웅전을 나갔다.

그들이 깜빡한 것은 바로 마혈에 아혈까지 막아 놓고 바닥
에 버려둔 요미였다.

이틀 후.

한빈 일행은 불광사의 입구에 섰다.

불광사 입구에는 한빈 일행을 배웅 나온 수많은 군웅이 있
었다.

한 가지 다행인 것은 연등회에 참가했던 사람들은 이미 빠
져나갔다는 점이었다.

사실 일반 백성을 내보내면서 한빈과 남해천왕은 긴장했
었다.

밖에 어떤 함정이 도사리고 있을지 몰라서였다.

거기에 더해 불상을 낭떠러지로 던지기 전까지 불광사의 입구는 진법에 꽁꽁 틀어막혀 있었다.

다행히 불상을 낭떠러지 아래로 밀어 넣자 진법이 풀린 데다가, 이후로는 어떤 함정도 존재하지 않았다.

덕분에 한빈과 남해천왕은 백성들을 무사히 밖으로 내보낼 수 있었다.

백성들이 모두 가고 나자 한빈은 다음으로 황족과 병사들을 내보냈다.

한빈은 남해천왕과 함께 이곳을 정리하기 위해서 같이 남았다.

한빈이 남자 효명 공주도 남겠다고 억지를 부려서 현비도 발이 묶인 상태였다.

이제 불광사에 남아 있던 위험 요소는 모두 제거된 상태.

지금 떠난 이들 중 누구도 불광사에서 일어난 일을 아는 이는 없었다.

이번 일의 내막에 대해서 아는 자들은 지금 불광사에 남아 있는 사람들뿐이었다.

물론 자세한 내용을 모른 채 영웅들을 따라 같이 남은 자들도 있었다.

대부분의 사람이 떠나고, 한 가지 재미있는 일이 일어났다.

주변에서 길조가 나타났다는 소문이 돌기 시작한 것이다.

이 소문은 순식간에 강호 전역으로 퍼져 나갔다.

발 없는 말이 천 리를 가고 번개보다도 더 빠르다는 강호의 속담은 사실이었다.

퍼져 나간 소문이 다시 한빈의 귀에까지 들어왔으니 말이다.

소문은 소문을 낳는다는 말도 사실이었다.

강호에 떠도는 소문에 따르면 불새 열 마리가 불광사 위를 날았다고 한다.

그 불새는 황궁을 향해서 절을 하고서 다시 구름 속으로 사라졌다는 것이 마지막 소문이었다.

원래 사람들은 믿고 싶은 말만 듣기 마련이다.

불광사의 연등회에 나타난 불새라?

이것은 길조 중에서도 길조였다.

그러지 않아도 계속된 흉년으로 힘들어하는 백성들이었다.

사람들의 희망을 활짝 피우기에는 충분한 징조였다.

한빈은 이 소문이 부풀려진 원인에 대해서 황궁을 의심하고 있었다.

물론 뒷이야기에 대해서는 모른 척할 셈이었다.

이 길조로 민심을 재울 수 있다면 그건 한빈도 원하는 바였다.

불광사를 바라보던 한빈은 조용히 어디론가 고개를 돌렸다.

그곳에는 현비가 빙긋 웃고 있었다.

어쩌다 보니 한빈이 먼저 떠나게 되자 효명은 울상이 되어 버렸다.

그런 효명을 본 현비가 어깨를 토닥였다.

"인사해야지."

"저도 따라갈래요."

효명이 한빈 쪽으로 한 발 다가가자 현비가 막아섰다.

"나와 함께 이곳에서 치성을 드리고 가자꾸나."

"어마마마?"

효명이 눈을 동그랗게 뜨자 현비가 웃었다.

"너도 그 불새가 길조가 아니라는 것을 알지 않느냐? 흉조가 나타났으면 당연히 나라를 위해서 치성을 드려야 하는 것이 황실의 규칙이다."

현비의 말에는 조금의 거짓도 없었다.

그 불새 모양의 불꽃이 길조라고 소문났지만, 이곳에 있는 모두는 다급했던 상황을 알고 있었다.

만에 하나 불꽃이 바닥에 있는 진천뢰를 격발시켰다면?

아마 이곳에서 살아남은 사람은 아무도 없었을 것이다.

효명도 알고 있었다.

어린 나이라고는 하지만 황궁에서 산전수전 다 겪은 효명이었다.

눈치라면 누구에게도 뒤지지 않았다.

효명은 그 어떤 반박도 하지 못하고 그저 입을 벌렸다.

"아."

당황한 표정으로 효명이 두리번거릴 때였다. 현비가 한빈을 향해 눈짓했다.

일단 이곳을 떠나라는 배려였다.

그 눈빛 속에는 약간의 웃음이 섞여 있었다.

사실 흉조가 나타났을 때 치성을 드려야 한다는 그런 황궁의 규칙은 없었다.

효명을 말리기 위한 궁여지책이었다.

만약 효명이 한빈을 따라간다고 억지를 부린다면 현비도 막기 힘들어진다.

문제는 한빈이 평범한 강호인이 아니라는 점이었다.

얼핏 보기에는 서생처럼 보여도 한빈은 사건을 몰고 다니는 무인이었다.

사건이 한빈을 따라오는 것인지? 아니면 한빈이 사건이 날 만한 곳으로 가는 것인지는 알 수 없었다.

하지만 한빈이 나타나는 곳에서는 항상 대형 사고가 터졌다.

그것을 알면서도 효명을 보낼 수는 없는 일이었다.

현비의 결심은 단순하게 효명만을 위한 일은 아니었다.

옆에 황실의 공주가 있다는 것은 무림 고수에게 크나큰 약점이었다.

현비가 보기에 지금 강호는 풍랑을 만난 종이배 같았다.

가라앉지 않는 것이 신기할 만큼 잘 버티고 있었다.

그 중심에 하북팽가의 사 공자가 있다는 것은, 정보에 밝은 이라면 모두 아는 일이었다.

현비의 눈짓에 한빈이 정중히 고개를 숙였다.

"저는 그만 가 보겠습니다."

"이번에도 나와 효명을 구해 줬군요, 팽 공자."

"아닙니다, 마마. 며칠 전에도 말씀드렸듯이 백성으로서 해야 할 일을 했을 뿐입니다. 그리고 가장 큰 힘을 쓴 것은 여기 있는 친구입니다."

한빈이 활짝 웃으며 옆을 바라봤다.

그곳에는 광개가 어정쩡한 표정으로 입술을 달싹이고 있었다.

거지와 황족이라?

사실 만날 일이 없는 사람들이었다.

광개가 보통 거지가 아닌 개방의 분타주라고는 하지만, 황궁 사람을 어찌 볼 수 있었겠는가?

평상시에는 얼굴에 철판이라도 깔아 놓은 것처럼 행동하던 광개가 슬쩍 눈치를 봤다.

한빈은 조용히 턱짓했다.

"편안히 인사드려도 된다, 광개."

"흠. 저는 개방의 광개라 하옵니다, 마마."

"무림과 황궁을 구해 주신 것에 감사드립니다. 황궁으로 돌아가면 북경의 거지들을 위해서 잔치를 열도록 하겠어요.
그때 대협도 참석해 주세요."

"어이쿠. 감사하옵니다, 마마."

광개가 넙죽 큰절을 올렸다.

이제까지 긴장하다가 잔치라는 말이 나오자 바로 평소 모습으로 돌아온 것이다.

광개는 휘파람까지 불며 한빈의 옆에 바싹 붙었다.

"너무 가깝다, 광개."

"아이고, 왜 그러시나? 팽 공자."

광개는 한빈의 어깨에 손을 올려놓았다.

아니 올려놓으려고 했다.

한빈은 광개가 손을 올려놓기 전에 몸을 틀었다.

마치 미꾸라지처럼 자연스럽게 광개의 손에서 벗어난 것.

"손도 안 씻고 어딜 친한 척을! 아무래도 잔치는 취소시켜야겠어."

"아, 미안하네. 팽 공자."

광개가 비는 시늉을 했다.

그들의 모습에 이를 지켜보는 현비와 군웅들은 다소 표정이 풀렸다.

아무렇지 않은 한빈의 모습이 그들의 긴장을 풀어 준 것이다.

그렇게 한빈 일행은 그들의 눈에서 점점 멀어졌다.

점이 되어 가는 한빈 일행을 보는 군웅들의 표정은 제각각이었다.

어떤 이의 눈동자에는 존경심이 담겨 있었다.

존경심 어린 시선 중에는 수로채의 해랑도 있었다.

해랑은 자신의 가족을 한빈 덕분에 구할 수 있었다.

해랑뿐이 아니었다.

각 문파의 핵심 인물들은 아쉬운 듯 한숨을 내쉬었다.

그들은 남해천왕으로부터 대충 설명을 들었던 강호인들이었다.

그중에는 무당산의 영웅 대회에 참석한 이들이 대부분이었다.

무당산에서 물귀신이 될 뻔한 게 엊그제였다.

그런데 여기에서는 화마에 당할 뻔한 것.

모두가 쉬쉬하지만, 무림인들 대부분은 이곳에서 일어난 일을 알고 있었다.

그들은 이제는 점이 되어 버린 한빈의 뒷모습을 보고 조용히 포권했다.

하지만 다른 시각으로 보는 이들도 있었다.

"거짓말."

"그래, 거짓말이지. 하북팽가가 언제부터 강호를 구했나?"

"구했다기보다는 소문으로 위상을 드높이려는 것이지."

"그래, 맞아. 소문만 무성할 뿐 실체는 없는 영웅담일 뿐인 것을…….”

하북팽가를 욕하던 무사 하나는 말을 맺지 못했다.

옆쪽에서 도끼눈을 뜨고 있던 여도인을 보았기 때문이다.

여도인의 눈은 살기로 가득 차 있었다.

하북팽가를 욕하던 무사는 뒤로 주춤 물러났다.

“말이 그렇다는 것이지, 내가 하북팽가를 진짜 욕하는 것
은 아니오. 그렇지 않나? 하북팽가가 아니라 저기 아래 있는
광서팽가의 얘기였지 였지. 그렇지 않은가?”

그는 동료를 보며 눈짓했다.

동료도 눈치를 보며 고개를 끄덕였다.

“그래. 우리는 하북팽가를 욕한 적이 없지.”

그들은 손을 휘휘 내저으며 뒤로 물러났다.

하지만 여도인은 노한 듯 그들을 바라볼 뿐이었다.

그 모습에 뒤로 물러나던 무사가 소리쳤다.

“나라님도 없는 자리에서는 욕할 수 있는 법이지 않은가!
팽가를 욕했다고 우릴 죽이려 드는 것인가? 대체 팽가와 무
슨 관계길래…….”

“원수!”

여도인이 짧게 말하자 무사들은 눈을 크게 떴다.

그녀의 살기가 자신들을 향한 것이 아니라 하북팽가를 향
한 것임을 알게 되었기 때문이다.

무사들은 너 나 할 것 없이 한숨을 내쉬었다.

아무리 봐도 여도인의 살기는 심상치 않았었다.

그 살기를 심각하게 느낀 이유로는 그녀의 외모도 한몫했다.

가지런한 턱선은 마치 숙련된 화공이 붓을 놀린 것처럼 유려했다.

만약 그녀가 도복을 입지 않았다면 중원제일의 미녀 소리를 들었을지도 모르는 일이었다.

누가 봐도 미녀라고 말할 수 있는 그녀가 살기를 피워 내자 그 살기가 몇 배는 더 강하게 느껴졌다.

그것은 하얀 종이 위에 검은 먹으로 선을 그어 놓은 것과 비슷했다.

하얀 종이 위의 검은색이 강렬하게 느껴지듯, 그녀에게서 흘러나오는 살기도 외모와 대비되어 강하게 다가온 것이었다.

그녀는 무사들을 잠시 보다가 눈을 빛내며 몸을 돌렸다.

그녀는 조용히 무사들의 곁을 떠났다.

여도인은 빠르지도 그렇다고 느리지도 않게 천천히 멀어져 갔다.

그녀가 향하는 곳은 누가 봐도 한빈 일행이 있는 곳이었다.

무사들은 서로를 바라봤다.

그것도 잠시, 그들은 재빨리 짐을 챙겼다.

아무리 생각해도 여도사가 사고를 칠 것 같았기 때문이었다.

혹여나 사고를 친다면 그녀와 말을 섞은 자신들에게도 피해가 올 것이 분명했다.

그러니 이곳을 뜨는 것이 상책이었다.

여도인은 조용히 한빈 일행을 따라붙고 있었다.

그녀의 이름은 정희.

정희가 드러낸 살기는 진짜였다.

그녀는 진심으로 하북팽가를 증오하고 있었다.

그녀는 소묘파의 일대 제자.

소묘파는 여제자들로만 구성된 도문이었다.

그녀가 하북팽가를 미워하는 이유는 바로 무당산에서 일어난 사건과 연결되어 있었다.

무당산에서 일어난 일로 각 문파는 정체불명의 적과 연관된 제자들에 대한 징계를 내리게 되었다.

하나, 팔은 안으로 굽는다고 했던가?

그 징계는 생각보다 가벼웠다.

그들이 행한 일들은 사문을 배신한 행위였다.

하지만 그 어떤 문파도 그에 대한 징계를 내리지 않았다.

그저 면벽 혹은 폐관 수련을 명했을 뿐이었다.

면벽이나 폐관 수련 모두, 징계라고 하기보다는 수련 시간을 더 늘렸다고 하는 것이 맞았다.

그런데도 그들은 불만을 토로했다.

그 불만은 하북팽가가 술수를 써서 그들을 모함했다는 것이었다.

소묘파도 마찬가지였다.

정희의 사부는 이 치욕을 꼭 갚아야 한다면서 신신당부를 했다.

정희는 소묘파의 미래라 불리는 제자였다.

정희가 장문인이 되는 날, 소묘파는 아미파를 넘어선다고 확신하고 있었다.

그런 정희가 하산한 것은 바로 사부의 부탁 때문이었다.

소묘파의 장로 중 하나인 사부는 이번 사건으로 기약 없는 면벽 수련에 들어갔다.

사부는 정희에게 자신은 억울하다면서 그 원한을 꼭 풀어 달라고 했다.

그녀가 생각하기에 그녀의 사부는 아무런 죄가 없었다. 정희에게 사부는 친부모와도 같았다.

그런데 지금은 그 부모와 같은 사부의 얼굴을 볼 수 없게 된 것이다.

이야기에 따르면 그 중심에 하북팽가가 있다고 했다.

하북팽가가 없었다면?

소묘파에 이런 재앙은 없었을 것이 분명했다.

이것은 정희 혼자만의 생각이 아니었다.

하북이라?

사실 이곳에 오면서 하북에 대한 이야기는 그리 많이 듣지 못했었다.

그저 신의라는 자와 생불이라는 고승의 칭찬만이 들릴 뿐이었다.

하지만 정희는 사부의 말을 의심하지 않았다.

그녀의 소망은 하북팽가의 민낯을 만천하에 드러내는 것이었다.

첫 번째로 그녀는 정의맹에 들렀다.

정의맹 직책에서 물러난 사부 대신 감찰 업무를 맡기로 한 것.

그녀는 정의맹의 감찰을 담당하는 정안단(正眼團)의 부단주가 되었다.

정의맹의 정안단은 강호를 가장 객관적으로 보는 곳이라고 할 수 있었다.

대신 그 기준에 벗어나면 상대의 바닥까지 파고드는 조직이었다.

정안단의 눈에 벗어나서 몰락한 가문은 셀 수도 없었다.

하지만 누구도 정안단 때문에 몰락했다고 원망하는 가문은 없었다.

정의맹의 감찰 기관인 정안단에 당했다는 것이 알려지면 손가락질을 받을 뿐이었다.

정의맹 내에서도 정안단만큼 청렴결백한 조직은 없으니까.

정희는 품속에 손을 넣어 봤다.

그 안에는 정안단의 부단주임을 증명하는 패가 있었다.

이로써 하북팽가를 단죄할 힘을 얻은 것이다.

남은 것은 하북팽가의 악행을 드러낼 증거를 찾는 일이었다.

그 증거만 손에 넣는다면 그녀의 사부뿐 아니라 모함을 당한 다른 문파 제자의 죄를 없앨 수 있게 된다.

그렇게 하북으로 향하던 그녀는 불광사에 올랐다.

불광사에는 황족을 비롯한 다른 문파의 무림 고수들도 와 있었다.

그들을 만나기 위해서 온 것은 아니었다.

단지 자신의 소망을 부처님께 빌기 위함이었다.

그러던 와중에 길조를 보게 되었다. 길조를 본 정희는 자신도 모르게 합장을 했었다.

불광사를 뒤덮은 불새는 길조를 넘어선, 성스러운 징조가 분명했다.

정희는 그 광경에 합장을 한 채 소원을 빌었다.

물론 그 소원은 하북팽가의 민낯을 알릴 증거를 얻게 해 달라는 소원이었다.

그 뒤 불새는 사라지고 정희는 묘한 기분이 들었다.

일이 잘될 것 같다는 희망이 생겼다.

그때 정희는 하북팽가의 사람들이 이곳에 있다는 사실을

알게 되었다.

모든 것이 길조를 본 덕분이었다.

거기에 더해 강호인들이 생각하는 하북팽가에 대해서도
알 수 있었다.

역시 사부의 말이 맞았다. 하북팽가는 강호인들 사이에서
도 평이 그렇게 좋지 않았다.

물론 그것은 정희가 강호 초출이라서 생긴 오해였다.

강호인들이 다른 문파들을 바라보는 시선은 고울 수가 없
었다.

같은 정파끼리도 경쟁이 있을 수밖에 없는 것이 강호의 생
리가 아니던가?

하다못해 속세와 어느 정도 거리를 두고 있는 소림사도 욕
을 먹는 것이 강호였다.

거기에 정희는 지금 듣고 싶은 것만 듣고 있었다.

그녀의 잘못만은 아니었다.

인간이라면 누구나 갖게 되는 오류였으니.

비장한 표정을 한 정희는 조용히 하북팽가 일행의 뒤를 밟
았다.

그때였다.

앞서가던 하북팽가의 행렬이 멈췄다.

그들은 한곳에 모여서 수군대기 시작했다.

아무래도 악행을 저지르기 위해 머리를 맞대는 듯한 모습이었다.

정희는 조심스럽게 그들을 향해 다가갔다.

다행인 것은 하북팽가의 사람 중 누구도 정희를 신경 쓰지 않았다는 점.

덕분에 정희는 아무렇지 않게 그들 곁으로 갈 수 있었다.

순간 정희의 눈이 한계까지 꺼졌다.

지금 하북팽가 사람들은 죽어 가는 사람을 에워싸고 있었다.

심지어 그들 중 하나가 나서서 한 명을 패고 있었다.

퍽. 퍽.

순간 정희의 가슴속에서 꿈틀하는 울분이 솟아올랐다.

"지금 뭐 하시는 거예요?"

하지만 정희에게 눈길을 주는 이는 아무도 없었다.

다 죽어 가는 사람을 팬다고?

정희가 보기에는 죽어 가는 사람을 패는 것이 아니라, 죽을 때까지 패는 것이 분명했다.

저런 짓은 저잣거리의 왈패들이나 하는 짓이었다.

지금 쓰러진 자를 패는 인물은 붉은 무복을 입고 있었다.

정희는 그자가 누군지 기억해 냈다.

바로 하북팽가의 막내라고 사람들이 말하는 인물이자, 자칭 진룡소협이라 떠벌리고 다니는 인물이었다.

정희는 이를 악물었다.

그때였다.

붉은 무복의 사내가 자리에서 일어났다.

그러고는 고개를 돌려 정희를 바라봤다.

"거기, 처음 보는 얼굴인데?"

순간 정희는 움찔하며 뒤로 물러섰다.

붉은 무복 때문에 몰랐는데 얼굴에는 피가 튀어 있었다.

정희가 보기에 상대는 악마 그 자체.

뒤로 물러서려던 정희가 돌부리에 걸렸다.

휘청.

중심을 잃은 정희의 앞에 손 하나가 다가왔다.

"언니, 괜찮아요?"

손을 내민 자는 어린 소녀였다.

그 소녀는 올망졸망한 눈으로 정희를 바라보고 있었다.

중심을 잡은 정희는 재빨리 소녀를 뒤로 감추었다.

"물러나 있어. 여긴 내가 맡을게."

"그게 무슨 말이에요?"

"저자는 위험하다. 그러니 어서……."

"우리 공자님이 위험하다고요?"

"공자님?"

정희는 고개를 갸웃하며 소녀를 봤다.

순간 소녀의 손가락이 정희를 향해 다가왔다.

느리지도 않고 빠르지도 않은 평범한 동작이었다.

그런데 그 한 수를 정희는 막을 수 없었다.

그때였다.

사내의 목소리가 들려왔다.

"설화야, 그만해라."

"네, 공자님."

설화는 눈을 가늘게 뜨고 새롭게 행렬에 함께한 정희를 바라봤다.

그 눈빛에 정희가 멋쩍게 웃었다.

"아까는 내가 오해한 거야. 미안하다."

"이번만 봐드릴게요. 아무리 그래도 우리 공자님을 오해하시다니……."

설화는 정희를 보며 볼을 부풀렸다.

그것도 잠시, 설화는 앞서가는 수레를 살폈다.

수레에는 피떡이 된 사내 하나가 누워 있었다.

신기한 것은 사내의 피가 멈춰 있다는 점이었다.

과연 어떻게 된 일일까?

지금 수레에 누워 있는 것은 호조였다.

자신의 사부에게 토사구팽 당한 채 쓰러져 있던 호조를,

지나가던 한빈이 구한 것이다.

한빈이 그를 구한 이유는 간단했다.

적의 적은 아군이라는 간단한 생각 때문이었다.

조 환관이 호조가 사부에게 당한 것 같다는 말을 하지 않았다면, 한빈은 그를 구하지 않았을 것이다.

사부가 누군지는 몰라도 절대자에 가깝다고 생각했다.

이럴 때는 아군을 한 명이라도 늘리는 것이 맞았다.

물론 한빈은 자신이 던진 불상에 호조의 사부가 당했으리라고는 상상도 하지 못했다.

사실 한빈이 호조를 구하는 과정은 순탄하지 않았다.

한빈이 호조를 발견했을 때는 그의 혈맥 안에 검은 기운이 날뛰고 있었다.

그 기운은 사부라는 작자의 기운일 터.

그것을 다스리는 일은 만만치 않았다.

그렇게 기운을 관찰하는 동안에도 검은 기운은 호조의 혈맥을 갉아 먹고 있었다.

그 기운은 마치 역병 같았다.

역병이란 존재는 한 번에 멸하지 않으면 주변으로 전염되기 마련이었다.

즉 이번 상황도 비슷했다. 한 번에 치료하지 않으면 그 기운은 다시 살아나서 호조의 혈맥을 계속 갉아먹을 것이었다.

방법은 하나였다.

온몸에 상처를 낸 뒤 동시에 검은 기운을 몰아내는 것.

다행인 것은 혈맥을 갉아먹는 기운이 용린의 기운을 무서워한다는 점이었다.

그래서 한빈은 상처를 내어 검은 기운이 도망갈 자리를 열어 주었다.

동시에 호조의 혈맥을 안으로 용린의 기운을 불어 넣었던 것.

다른 이들이 보기에는 끔찍할 수밖에 없었다.

만약에 조금의 실수가 있다면 호조는 혈맥이 막혔을 터였다.

이번 치료에는 고도의 집중력이 필요했다.

한빈은 그런 이유로 주변 사람들이 구경하고 있다는 사실을 깨닫지 못했다.

어쨌든 한빈은 호조의 오장육부에서 검은 기운을 몰아내는 데 성공했다.

그 기운을 몰아내고도 일은 남아 있었다.

상처를 그냥 둔다면 호조는 출혈로 인해 죽을 것이다.

한빈이 사용한 것은 기사회생의 수법이었다.

그때 호조가 눈을 떴다.

눈을 뜬 호조는 한빈을 보고 입을 벌렸다.

"어떻게 여기에……."

하지만 그때 다가온 조 환관 덕분에 호조는 말을 맺지 못했다.

조 환관이 호조의 입을 막고는 귓속말을 속삭인 것이다.

그동안의 사정을 설명해 주는 것이 분명했다.

조 환관의 설명을 듣고 난 호조가 눈을 크게 떴다.

"으, 은공, 감사합니다."

호조는 감정에 복받친 듯 표정을 수습하지 못했다.

그도 그럴 것이, 정의라 믿고 걸어왔던 길이 한순간에 처참하게 무너졌다.

거기에 더해 목숨을 걸고 싸웠던 적이 자신을 구해 준 상황.

호조가 다친 곳은 혈맥이 아니라 마음일지도 몰랐다.

그는 안간힘을 써서 일어나려고 노력했다. 그 모습은 진심이었다.

무리해서라도 일어나려는 호조의 모습에 한빈이 손을 저었다.

"그냥 쉬시고 이야기는 나중에 합시다. 지금은 그게 맞는 것 같습니다."

"대협……."

"나중에 검이나 한번 맞대 보죠."

"네?"

"진정한 친구가 되자는 이야깁니다."

물론 반만 진심이었다.

호조가 회복하면 분명히 사라졌던 천외천급 구결이 나올 것이었다.

잘만 하면 천외천급 초식을 완성할 수 있을 터.

호조는 쓸모가 많은 사람이었다.

한빈의 말에 호조는 눈물을 글썽였다.

"역시. 제가 사람을 잘못 보지 않았군요."

호조가 눈물을 글썽이자 한빈은 진지한 표정으로 고개를 끄덕였다.

사실 한빈은 웃음을 참고 있었다.

얼마 전까지 목숨을 걸고 싸웠는데 저런 말을 하다니?

이전의 감정은 모두 잊은 듯 보였다.

어찌 보면 다행이었다.

사실 한빈도 이런 결말은 예상하지 못했다.

남해천왕과 왕실 그리고 무림을 집어삼키려는 세력의 고수를 모두 거두다니!

어찌 보면 천군만마를 얻은 것과 다름없었다.

눈치를 보아하니 호조라는 자는 제법 사정을 알고 있는 듯했다.

그나저나 지금 가장 큰 문제는 요미라는 여인이었다.

혈도를 제압당한 상태로 바닥에 널브러진 요미는 아직 깨어나지 못하고 있었다.

혈고의 영향은 아닌 것 같아서 일단은 현철 관에 넣어 둔 상태.

현철로 만든 관은 물건을 넣어 둘 때뿐 아니라 이번 경우도 쓸모가 있었다.

지금 요미의 상태는 이상하리만큼 신체의 곳곳에서 열을 뿜어내고 있었다.

바로 그 열기를 잠재우는 데 탁월한 것이 바로 현철이었다.

그때였다.

어디선가 새 한 마리가 날아왔다.

그 새를 앞쪽에 있던 광개가 낚아챘다.

입맛을 다시는 광개의 모습에 한빈이 달려갔다.

"광개, 왜 전서구를 보면서 입맛을 다셔?"

"아. 이게 전서구였군. 미안하네, 팽 공자."

"정말 몰랐던 건 아니겠지?"

"사실 전서구는 개방의 중요한 식량이네. 그래서 나도 모르게……."

"개방의 식량이라니, 할 말이 없군."

한빈은 포기했다는 표정으로 쪽지를 확인했다.

지금 광개의 말은 일정 부분 사실이었다.

거지는 머리 위로 날아가는 전서구를 보고만 있지 않는다!

이것이 바로 개방의 백 가지 규칙 중 여든 번째에 속하는 조항이었다.

개방이 어떻게 무림의 소문을 모두 꿰고 있을까?

거지들이 소문을 듣고 수집하는 것만으로는 불가능한 일이었다.

개방이 정보력을 지니게 된 이유는 거지들이 전서구를 보고 그냥 두지 않기 때문이었다.

배고픈 거지에게 전서구 따위는 그저 식량으로 보일 뿐.

전생에도 중요한 전서구를 개방도가 잡아먹는 바람에 일이 꼬인 적이 있었다.

쪽지를 확인한 한빈은 고개를 끄덕였다.

이것은 정의맹의 군사인 제갈공민에게서 온 전서구였다.

한빈이 하북에 도착하기 전에 조용히 자리를 마련하자고 했다.

과연 무슨 일일까?

전서구에 자세한 내용을 적지 않은 것으로 봐서 일급 기밀이 분명했다.

혹시 마교가 움직이기 시작한 것일까?

아니면 북해빙궁이 중원에?

그것도 아니라면 남해의 해적이?

그도 아니면 조 환관의 사부란 작자가?

이렇게 나열하고 보니 주변에 적이 너무도 많았다.

전생에는 이 모든 적이 어디에 숨어 있었던 것일까?

아마도 전생에는 지금 이 적들을 인식하지 못했을 가능성
이 컸다.

상대의 경지가 너무 차이 나면 아예 가늠조차 안 되는 법
이었다.

적도 마찬가지였다. 격차가 너무 크게 나면 그게 적이라고
느껴지지 않을 수밖에 없었다.

배가 태풍에 뒤집힌다고 자연현상을 적이라고 말할 수 있
을까?

상상도 할 수 없는 적은 그저 자연의 재앙으로 느껴질 뿐
이었다.

아마 지금의 한빈도 누군가에는 그렇게 비칠 것이었다.

하나 다행인 점은 이제는 자신의 뒤통수를 노리는 자가 점
점 사라지고 있다는 점이었다.

뒤통수라…….

그런데 왜 뒤통수가 따가울까?

한빈은 조용히 고개를 돌렸다. 그곳에서는 소묘파의 제자
정희가 한빈을 바라보고 있었다.

그런데 시선이 마주치자 정희는 재빨리 고개를 돌렸다.

뭐지?

한빈은 눈을 가늘게 뜨고 정희를 바라보았다.

사실 한빈은 정희를 전생에 만났기에 알고 있었다.

그녀는 마교에 당한 사부의 복수를 하기 위해서 귀검대에

찾아왔다.

귀검대 소속으로 가장 앞에서 마인의 목을 베겠다는 포부를 밝혔었다.

그 모습은 가르침을 청하기 위해 달마의 앞에서 무릎을 꿇은 혜가의 모습과도 비슷했다.

그 간절함뿐 아니라 행동까지 똑같았다.

달마에게 가르침을 청하며 자신의 팔을 잘라 낸 혜가의 일화는 강호에서도 유명한 이야기였다.

정희는 그 이야기를 실제로 실천하려고 했다.

귀검대로 받아 주지 않는다면 자신의 팔을 자르겠다고 억지를 부렸었다.

그 덕분에 그녀는 귀검대에 들어올 수 있었다.

귀검대에서 그녀와 가장 친했던 대원이 바로 설화였다.

지금 설화와 대화를 나누는 모습을 보니 자꾸 전생의 기억이 떠올랐다.

그렇다면 정희는 어떻게 되었을까?

안타깝게도 정희는 귀검대원이 된 첫 전투에서 사망했었다.

아마 강호의 정세가 바뀌었으니 그녀의 운명도 바뀔 터.

한빈은 그녀와의 인연을 모른 척 넘어가기로 했다.

그때 다시 정희가 한빈을 바라봤다.

시선이 마주친 정희가 다시 고개를 돌렸다.

정희는 한빈의 눈빛이 기분 나빴다.

어떻게 자신의 시선을 놓치지 않는지? 마치 뒤통수에 눈이 달린 것 같았다.

정희는 다시 수레를 바라봤다.

수레에 누워 있는 사내의 눈빛을 보면 진정으로 고마워하는 것이 분명했다.

그렇다면 하북팽가를 자신이 오해하고 있던 것일까?

정희는 고개를 저었다.

사부의 가르침에 따르면 강호의 무인들은 얼굴에 몇 겹씩 가면을 쓰고 다닌다고 했다.

그 가면을 벗겨 내고 나서 민낯을 들여다보면 정파나 사파나 모두 하나같이 늑대의 얼굴을 하고 있다는 것이 이제까지 받았던 가르침이었다.

정희는 사부의 가르침을 믿고 있었다.

그때였다.

수레 위의 관이 눈에 들어왔다.

관을 보니 불길한 느낌이 엄습해 왔다.

정희는 조심스럽게 관을 살폈다.

정희가 관을 만지자 그 모습을 본 설화가 재빨리 달려왔다.

"지금 뭐 하시는 거예요?"

"그게 아니고 관이라니, 혹시 여기에 시체라도 들어 있는 건가 궁금해서…….”

“시체는 아니고 사람이 들어 있어요.”

“사람이라니?”

정희가 눈을 크게 떴다.

정희는 자신의 품속에 손을 넣어서 정안단의 부단주 패를 만지작거렸다.

지금이라도 정체를 밝히고 조사를 해야 하나, 심각하게 고민했다.

사실 증거를 가져갈 필요는 없었다.

정안단의 부단주인 자신이 악행의 흔적을 목격하는 것만으로도 하나의 증거가 되니 말이다.

정희는 악행의 흔적을 목격하는 대로, 바로 정의맹의 수석 군사에게 보고할 작정이었다.

정의맹의 수석 군사인 제갈공민은 이 일을 냉철하게 처리해 줄 것이 분명했다.

사실 정희는 정안단의 단주도 살짝 의심하고 있었다.

정안단의 단주는 황보세가의 황보서현이라는 인물이었다.

정안단의 단주 황보서현은 묘하게 하북팽가에 호감을 드러내고 있는 자였다.

감찰 기관인 정안단이 특정 가문에 호감을 표시한다는 것은 단주로서의 자질이 없다는 것이었다.

그때였다.

갑자기 관이 들썩이기 시작했다.

쾅. 쾅.

누군가 안에서 발버둥 치고 있는 것이 분명했다.

정희가 관짝이 있는 쪽으로 한 발 다가서자, 설화가 말렸다.

"물러나시는 게 좋아요."

"그래도 저 안에 살아 있는 사람이 들어 있는데, 보고만 있을 수는 없다."

말을 마친 정희는 자신도 모르게 손을 뻗었다.

관 뚜껑을 열기 위해서였다.

정희가 막 관 뚜껑에 손을 가져갔을 때 뚜껑이 저절로 열렸다.

쾅.

순간 정희는 뒤로 물러났다.

그녀는 심장이 떨어지는 줄 알았다.

안에서는 여인 하나가 얼굴이 벌게진 채 주위를 두리번거리고 있었다.

정희는 아직도 진정이 안 되는 듯 가슴을 부여잡았다.

그때 설화가 말했다.

"에이, 그러게 물러나시라니까요."

"대체 저자는 어떻게 된 거지?"

"우리 공자님 말씀으로는 화병에 걸렸대요. 화병에는 약이 없어서 할 수 없이 관에 넣어 둔 거예요. 그냥 놔두면 주화입마에 걸릴 것 같다고 해서요."

"화병이라고?"

정희가 고개를 갸웃할 때였다.

멀리서 검은 피부의 여인이 걸어왔다.

순간 정희는 자신도 모르게 검을 잡았다.

그만큼 상대의 모습은 두려웠다.

가느다란 체구에 까무잡잡한 피부, 그리고 양손에는 곡괭이와 거대한 도끼를 나누어 들고 있었다.

누가 봐도 그녀는 악당이 맞았다.

정희는 다시 설화를 뒤로 물렸다.

"내가 맡을 테니 도망가거라."

"아까부터 자꾸 왜 그래요?"

"그게 무슨⋯⋯."

"우리 심 언니를 왜 악당 취급해요?"

설화가 볼을 부풀리자 정희가 고개를 갸웃했다.

그때 심미호가 설화의 곁으로 다가왔다.

"왜 그래?"

"이 언니가 자꾸⋯⋯."

설화가 고개를 돌리자 정희가 재빨리 포권했다.

"소묘파의 정희라고 해요."

"저는 적혈맹호대의 부대주 심미호예요. 그런데 무슨 일이지요?"

"아무것도 아닙니다. 그런 무기를 쓰시는 분은 처음 보니 신기해서요."

"호호, 제법 예쁘지요?"

심미호는 포근한 표정으로 곡괭이의 자루를 쓰다듬었다.

그 모습에 정희가 반사적으로 고개를 끄덕였다.

정희는 갑자기 이곳 행렬에 끼어든 것이 후회되었다.

가까이에서 하북팽가의 민낯을 보기 위해서 왔지만, 뭔가 상황이 이상했다.

거기에 이곳에는 정상적인 사람이 아무도 없었다.

비둘기를 잡아먹는 거지.

관 속에서 살기를 피워 대는 여인.

거기에 곡괭이를 든 또라이까지.

이것이 정희가 바라본 한빈 일행의 실체였다.

그때였다.

심미호가 거대한 도끼를 수레 위에 올려놓았다.

"이건 제 것이 아니에요. 여기 계신 여소협의 도끼지요. 저는 정찰 때문에 바빠서 이만 가 볼게요."

말을 마친 심미호는 다시 앞으로 걸어 나갔다.

그 모습에 정희는 멍하니 수레 위의 도끼를 바라봤다.

순간 관 속의 여인이 도끼를 잡아 그대로 정희에게 겨누었다.

"날 죽일 수는 있어도 날 욕보일 수는 없는 법!"

"저요?"

정희가 검지로 자신을 가리켰다.

이쯤 되자 정희는 머리가 어질어질해졌다.

그때였다.

환관 복장의 사내가 달려왔다.

그러더니 여인을 점혈하고는 관을 닫았다.

그것도 잠시, 그는 뭔가 잊었다는 듯 도끼를 그 안에 같이 넣어 줬다.

생각해 보니 이곳이 황궁도 아니고 환관이 왜 있단 말인가?

아무리 생각해도 이 행렬의 조합은 이상했다.

더욱이 그들이 하북팽가 사람이라는 증거는 어디에도 없었다.

불광사에서 다른 이들은 하북팽가 일행이 떠난다 하여 이렇게 따라온 것이었다.

정희는 결심했다.

'일단 후퇴!'

고민을 끝낸 정희는 뒷걸음쳤다.

뒷걸음치던 정희는 발을 멈추었다. 뒤쪽에서 벽이 느껴졌기 때문이었다.

고개를 돌려 보니 그곳에는 붉은 무복의 사내, 즉 한빈이 있었다.

"혹시 어디까지 가시나요?"

"화북까지 가는데요."

정희는 재빨리 자신의 입을 막았다.

자신도 모르게 진짜 목적지를 말해 버렸다.

그 모습에 한빈이 기분 좋게 웃었다.

"잘됐네요. 같이 가시죠."

"초면에 폐를 끼치기는……."

정희가 한빈을 피해 다시 뒷걸음쳤다. 이대로 잡힐 수는 없었다.

한순간이라도 이들과 같이 있다가는 미칠 수도 있다는 두려움이 들었다.

그때 누군가 정희의 소매를 잡았다.

"같이 가요, 언니."

고개를 돌려 보니 하얀 무복의 소녀, 즉 설화였다.

설화가 당과 꼬치를 쓱 내밀었다.

정희는 반사적으로 내민 당과 꼬치를 잡았다.

"아니, 내가 같이 가겠다는 건 아니고."

"당과만 먹고 혼자 가시겠다는 건 아니죠?"

설화가 고개를 갸웃하자 정희는 멍하니 하늘을 바라봤다.

정희는 조용히 고개를 끄덕였다.

그녀는 자신이 이들에게 사로잡혔다고 판단했다.

아마 몰래 도망치면 목숨을 부지 못 할 수도 있는 상황.

정희는 일단 이들과 함께 가기로 했다.

그날 오후.

한빈 일행은 관도로 들어섰다.

관도로 들어서자 정희는 재빨리 주변을 살폈다.

누군가에게 도움을 청하기 위해서였다.

이곳은 상업이 발달해 있는 선서의 장항현.

정의맹의 지부는 없지만, 정의맹에서 관리하는 다루와 객잔이 있는 마을이었다.

그때였다.

한빈 일행이 어느 다루로 들어갔다.

정희는 재빨리 다루의 현판을 확인했다.

순간 정희의 표정이 밝아졌다.

방금 그 다루는 다름 아닌 정의맹에서 관리하는 다루였다.

정희는 재빨리 옆을 바라봤다.

그때 설화가 물었다.

"언니, 왜 그래요?"

"잠시 볼일 좀 보고 와야겠다."

"같이 갈까요?"

"아니, 거기까지 같이 가기는 좀 그렇지."

"그럼 빨리 올라오세요. 공자님하고 저는 삼 층에 있을게
요."

"그래, 빨리 가마."

정희는 재빨리 일 층으로 내려갔다.

다행인 것은 일행 중 누구도 정희를 잡는 사람이 없다는
점이었다.

정희는 재빨리 이곳의 루주를 찾았다.

  ❧

삼 층으로 올라간 한빈은 아무렇지 않게 창가 쪽으로 걸어
갔다.

그곳에는 학우선을 들고 있는 제갈공민이 있었다.

한빈은 제갈공민을 향해 조용히 포권했다.

"먼저 오셨군요, 군사님."

"일이 있어서 먼저 오게 되었습니다, 팽 공자."

"그런데 하실 말씀이라는 게⋯⋯."

한빈이 목소리를 낮추자 제갈공민이 학우선으로 얼굴을
가렸다.

이것은 입 모양을 들키지 않게 하기 위함이었다.

"무당산에서 논의된 무관 문제 말입니다. 정의맹에서 지원

하기로 했습니다."

"정의맹에서요?"

"네, 그리고 도와줄 사람도 한 명 생각해 놨습니다. 그 친구 얘기를 들어 보니 감찰 임무를 위해 마침 하북으로 간다고 하더군요."

"우연이군요. 그런데 그게 누군가요?"

한빈은 호기심 어린 눈빛으로 제갈공민을 바라봤다.

"아마 얘기해도 모를 겁니다. 새로 정안단의 부단주가 된 친구인데, 꽤 유능합니다."

"정의맹의 정안단이면 감찰 기구 아닙니까? 혹시……."

"그게 아니라 그 친구 하나면 무관에 입소한 문파와 가문의 제자들을 쥐락펴락할 수 있을 겁니다."

제갈공민은 주먹을 쥐고 펴기를 반복하며 묘한 웃음을 지었다.

한빈은 슬쩍 제갈공민을 바라봤다.

한빈을 바라보는 모습이 전과는 달랐다. 생각해 보니 그는 말투까지 바뀌어 있었다.

이것은 변화를 의미했다.

그것도 작은 변화가 아닌 큰 변화를 말이다.

한빈의 표정을 본 제갈공민이 말을 이었다.

"눈치채셨군요, 팽 공자."

역시나 제갈공민은 제갈가 최고의 지낭다웠다.

그는 한빈의 표정을 놓치지 않고 있었던 것이다.

한빈은 어깨를 으쓱하며 제갈공민을 바라봤다.

이제는 솔직하게 대화를 나누어야 할 때였다.

"네, 생각해 보니 이상해서 그럽니다. 평소처럼 편하게 대해 주십시오."

"이번에 생길 무관의 책임자는 정의맹의 군사와 같은 자리입니다. 그러니 예를 취할 수밖에요. 이것은 맹주님의 뜻이기도 합니다."

말을 마친 제갈공민은 보이지 않게 미소를 삼켰다.

그 모습에 한빈은 잠시 생각에 빠졌다.

무당산에서 모두가 동의한 무관 창설을 정의맹에서 지원하기로 한 것 같았다.

그 무관의 책임자를 수석 군사인 제갈공민과 같은 급으로 취급하는 것으로 봐서는, 아마도 이번 일에 사활을 건 것이 분명했다.

그도 그럴 것이, 강남 사도련이 경단산에 세운 무관이 강남의 인재들을 긁어모으고 있으니 정의맹이 가만히 있을 수 없는 일이었다.

한빈은 정체불명의 세력에 대립하기 위해서 인재를 모으자고 한 것이지만, 정의맹은 오직 보이는 세력에만 신경을 쓰고 있는 것이 분명했다.

이것은 어찌 보면 정의맹이라는 조직의 한계였다.

정의맹의 주적은 사파와 마교였다.

앞으로 다가올 재앙보다는 눈앞에 있는 과제가 먼저인 것 같았다.

눈앞에 있는 떡에 먼저 손을 뻗어야 하고, 발등에 떨어진 불부터 끄는 것이 그들의 목표.

정의맹이 이루고자 하는 것은 한빈의 목표와는 거리가 있었다.

하지만 정의맹의 지원을 마다할 한빈이 아니었다.

그들의 지원 중 입맛에 맞는 것만 받고 나머지는 뱉으면 될 터였다.

물론 당장 뱉어야 할 것도 있었다.

한빈이 빙긋 웃으며 제갈공민을 바라봤다.

"이러시니 불편해서 차가 입에 넘어가지 않습니다, 군사님."

지금 뱉어야 할 것은 무거운 감투였다.

제갈공민이 빙긋 웃었다.

"그래도 정의맹의 규칙이니 어쩔 수 없습니다."

"그래서 드리는 말씀인데, 무관은 군사님이 맡아 주시는 게 좋을 것 같습니다."

"내가 맡으라고?"

"무관의 책임자는 다음 책임자를 정할 수 있다는 조항이 있을 텐데요."

"허."

"그리고 하북팽가와 제갈세가가 서로 예를 차릴 사이는 아니잖습니까? 그리고 이러한 중책은 제갈가에서 맡는 것이 옳지 않겠습니까?"

은근한 한빈의 미소에 제갈공민이 반응했다.

"자네가 그렇게 생각한다면 할 수 없지……."

제갈공민은 묘한 웃음을 지었다.

한빈도 마주 웃었다.

하북팽가는 십대세가 중 묘한 자리에 있었다.

십대세가의 수장 자리는 아니지만 하북팽가는 가문들의 핵심이 되어 있었다.

하북팽가의 도움을 받지 않은 가문이 없으니 당연한 일이기도 했다. 정확히는 한빈에게 도움을 받았다.

하지만 개인보다 가문 간의 관계가 더욱 끈끈하게 느껴지는 것은 어쩔 수 없는 일.

제갈공민이 미소의 끝에 입을 열었다.

"그럼 편히 말하겠네. 사실 정안단의 부단주를 자네를 돕기 위한 인재로 선택한 것에는 특별한 이유가 있다네."

"그 이유라는 것이 궁금하군요."

"그 친구는 의심이 많네. 정의맹의 문서조차 믿지 않는 친구라네."

"오호, 왠지 믿음이 갑니다."

"확실히 자네는 특이하군. 의심이 많은 자를 신뢰하더니 말이네."

"그야 당연한 것 아닌가요? 의심이 많다는 말은 거짓을 거르는 능력이 있다는 게 아니겠습니까? 그래서 그자를 제게 추천한 것이고요."

그들이 마주 보며 미소를 피워 내고 있을 때였다.

한빈은 눈을 가늘게 떴다.

뒤쪽에서 기척이 느껴졌기 때문이다. 이어서 계단에서 발소리가 울려 퍼졌다.

발소리에서 약간의 살기까지 느껴졌다.

다른 이라면 모르겠지만, 한빈은 정확히 그 살기를 느낄 수 있었다.

타다닥.

모습을 드러낸 이는 이곳의 점소이였다.

가만히 보니 다른 점소이들과는 복장이 조금 달랐다.

다른 점소이에 비해 고급스러워 보이는 복장을 한 여인이었다.

그녀는 다급하게 한빈과 제갈공민이 있는 곳으로 달려왔다.

여인은 이곳 다루의 루주가 분명했다.

그녀는 불안한 듯 주변의 눈치를 보고 있었다.

표정을 보니 보통 일이 아닌 게 분명했다.

달려온 루주는 조용히 제갈공민의 옆에 섰다.

힐끔 한빈을 본 점주는 다급하게 입을 막았다.

"어머, 손님이 계셨네요."

"가족과 같은 사람이니 신경 쓰지 말게."

제갈공민이 눈짓하자 루주는 표정을 재빨리 감추었다.

"죄송합니다. 제가 못 볼 꼴을 보여 드렸네요."

말을 마친 루주는 아무렇지 않게 제갈공민에게 쪽지 한 장을 건넬 뿐이었다.

그렇게 쪽지를 건넨 루주는 아무 일도 없었다는 듯 사라졌다.

제갈공민은 재빨리 쪽지를 확인했다.

쪽지를 모두 확인한 제갈공민의 표정이 살짝 일그러졌다.

예상대로 보통 일이 아닌 것이 분명했다.

잠시 쪽지를 바라보던 제갈공민은 그것을 한빈의 앞으로 밀었다.

"자네도 한번 보게. 알아보겠는가?"

쪽지에는 단 한 글자만 적혀 있을 뿐이었다.

인(人)

조금 이상한 것은 글자가 붉은색으로 적혀 있다는 점이었다.

붉은색 글씨가 의미하는 바를 한빈이 모를 리 없었다.

이것은 다름 아닌 정의맹의 암어였다.

그 암어가 나타내는 것은 인급 경보였다.

정의맹의 경계경보는 세 가지 단계로 나뉜다.

한 가문이 위험하면 인급이며, 한 지역이 위험하다면 지급으로 분류한다.

중원 전체가 위험한 상황이라면 천급 경계경보를 발동한다.

"인급 경계령이군요."

"이건 정의맹의 부단주급 이상만 아는 암어인데, 자네는 알아보는군."

"제가 알아볼 줄 알고 건네신 게 아니었나요?"

"하하, 그 말이 맞네. 자네를 보면 오랫동안 손발을 맞춰온 듯한 느낌이 든다네."

"그리 생각해 주시니 감사합니다."

"자네가 정의맹의 암어를 아는 건 나만 아는 것으로 하지. 하하."

제갈공민은 웃음을 터뜨렸다.

아마도 이것은 제갈공민의 시험일 수도 있었다.

이 암어를 아는지 모르는지 하는 시험이 아니라, 상대가 자신에게 얼마나 마음을 열고 있느냐 하는 점을 알고 싶었을 것이다.

아마 한빈이 그 암어에 대해 모르는 척했으면 그는 서운해했을 것이 분명했다.

하지만 지금은 의도가 중요한 것이 아니었다.

"인급 경계령이라면 제법 심각한 일인가 봅니다."

"정안단의 부단주가 보내온 경보일세."

"부단주라면, 아까 말씀하신 분이 아닌가요?"

"그렇다네."

"그럼 저도 돕겠습니다. 앞으로 제 식구가 될지 모르는 사람인데, 어찌 그냥 보고만 있겠습니까?"

한빈이 묘한 웃음을 짓자 제갈공민이 고개를 끄덕였다.

"그럴 줄 알았네."

"혹시 제 계획을 말씀드려도 되겠습니까?"

"말해 보시게."

"제가 인급 경보의 원인이 된 자를 유인하겠습니다."

"그게 무슨 말인가? 경보의 원인이 된 자라니?"

"주변이 이리 조용한 것을 보면 집단이 아닌 인물일 가능성이 크지 않습니까? 그러니 제가 그자를 찾아오겠습니다."

"흠, 위험하지 않겠나?"

제갈공민이 걱정스러운 눈빛으로 한빈을 바라봤다.

그는 진심으로 한빈을 걱정하고 있었다.

이제까지 한빈이 관여된 일이 한둘이던가?

반대로, 한빈이 없었다면 그 일들은 수면 아래에서 몰래 진행되다가 언젠가는 강호를 뒤흔들 수밖에 없었을 터다.

한빈이 있었기에 그 사건들이 조용히 묻힌 것.

물론 조용히 묻혔다기에는 너무도 굵직했지만 말이다.

그런데 이번에도 인급 경보를 혼자 해결하겠다니?

제갈공민은 걱정이 되었다.

인급 경보는 가문의 흥망성쇠에 영향을 미칠 중요한 사건이었다.

또한 인급부터는 개인이 해결할 수 없는 범주의 사건이었다.

그런데 혼자 해결하겠다고?

이상한 것은 조금의 단서도 없이 해결하겠다고 호언장담하는 한빈의 모습이었다.

제갈공민이 심각한 표정으로 바라보자 한빈이 상체를 기울이며 낮은 목소리로 말을 이었다.

"저만 믿으십시오, 군사님."

"내가 어떻게 하면 되겠는가?"

제갈공민이 할 수 없다는 듯 고개를 끄덕이자 한빈이 손가락 하나를 폈다.

"한 시진 뒤에 이곳으로 올 테니 그때까지 병력을 준비해 주십시오."

"내가 도울 일이 그것뿐입니까?"

"그거 하나면 됩니다. 대신, 정안단의 부단주도 부탁드립니다."

"부단주라……."

"경보의 서신을 보내온 본인이 있어야 해결되지 않겠습니까?"

"알겠네."

제갈공민이 고개를 끄덕이자 한빈은 자리를 떠났다.

✣

다루에서 나온 한빈은 주변을 둘러봤다.

한빈의 모습에 설화가 고개를 갸웃하며 물었다.

"공자님, 누구 찾으세요?"

"정희 소저는 어디로 갔지?"

"볼일 보러 갔다가 아직 안 왔어요."

"그럼 신경 쓰지 마."

"그게 무슨 말씀이에요? 하북까지 같이 가기로 했잖아요."

"아마도 뛴 것 같아."

"뛰다니요? 공자님."

설화가 눈을 가늘게 뜨자 한빈이 심미호를 가리켰다.

갑작스러운 상황에 옆에서 대화를 듣던 심미호가 고개를 갸웃했다.

"아까 정희 소저의 표정을 보니 심 부대주를 무서워하는 것 같더라고."

"저를요? 말도 안 됩니다, 주군."

"아마도 그 곡괭이 때문일 거야. 이참에 바꾸는 게 어때?"

"그건 절대로 안 돼요. 이 자루를 구하려고 제가 얼마나 힘들었는데요. 이건 운남에서 유명한 흑단으로 만든 자루예요, 주군."

심미호는 곡괭이 자루를 쓰다듬었다.

그 모습에 한빈은 피식 웃었다. 사실 심미호가 곡괭이를 병기로 삼게 된 것은 모두 한빈의 책임이었다.

굴을 파는 임무를 시키지만 않았어도 심미호는 저렇게 곡괭이를 좋아하지 않았을 것이다.

만약 심미호가 자기 짝을 찾지 못한다면 한빈의 책임이었다.

한빈이 다루로 다시 돌아온 것은 약속대로 한 시진 뒤였다.

한 시진 동안 한빈은 무엇을 했을까?

사실 한빈이 한 일은 없었다.

여정에 필요한 물품을 구매하는 등 정비를 했을 뿐이었다.

한빈은 수레를 끌고 다루의 앞에 섰다.

다루의 주변은 고요했다.

한빈을 제외한 모두는 묘한 분위기를 눈치챘다.

누가 봐도 여기저기서 살기가 느껴지는 것이, 심상치 않은 분위기였다.

설화가 우혈랑검을 잡자 옆에 있던 심미호는 곡괭이를 움켜잡았다.

그리고 청화는 조용히 독기를 모았다.

모두가 긴장하고 있을 때 한빈이 말했다.

"모두 긴장 풀어."

"주군, 분위기가 심상치 않아요."

"다 이유가 있으니 긴장 풀어도 돼."

한빈은 손을 들어 그들을 뒤로 물리고 혼자 다루를 향해 걸어갔다.

그때 누군가 다루에서 천천히 걸어 나왔다.

그는 다름 아닌 제갈공민이었다.

제갈공민은 황당하다는 듯 한빈을 바라봤다.

"유인해 오기로 한 자는 어디에 있나?"

"여기 있습니다."

한빈이 자신의 얼굴을 검지로 가리키자, 제갈공민이 눈을 크게 떴다.

"그게 무슨 말인가?"

"정안단의 부단주가 말한 자가 바로 저일 겁니다."

"대체……."

제갈공민은 다루의 위쪽을 바라봤다.

모여드는 인재

제갈공민이 바라보는 곳에는 정안단의 부단주인 정희가 시선을 두리번거리고 있었다.

그녀는 매를 본 개구리처럼 시선 둘 곳을 찾지 못하고 있었다.

한참 동안 같은 장면이 계속 이어졌다.

그때 제갈공민이 손짓했다.

"어서 내려오게!"

"……."

제갈공민의 외침에도 정희는 전각의 지붕에서 내려오지 않았다.

제갈공민은 한숨을 쉬었다.

"휴. 어쩔 수 없군."

제갈공민이 전각의 지붕을 바라봤다.

"군사로서 명하니 어서 내려오게."

"안 됩니다. 그자는 진짜 악적입니다. 그의 세 치 혀에 현혹되지 마십시오, 군사님."

"지금 현혹이라고 했는가?"

"네, 맞습니다."

"무슨 증거로 그런 말을 하는지 물어보고 싶군."

"증거는 차고도 넘칩니다. 관 속에 사람을 넣어서 다니며 곡괭이를 들고 다니는 여인만 봐도, 그자는 마두가 분명합니다."

"허."

제갈공민은 한숨을 내쉬며 정희를 바라봤다.

그는 지금 상황이 어찌 된 일인지 대충 감이 잡혔다.

모든 것을 바로잡기 위해서는 계획을 조금 앞당기는 수밖에 없었다.

깊은 눈빛의 뒤에 제갈공민이 입을 열었다.

"정의맹의 명을 받들라!"

말을 마친 동시에 제갈공민의 손에서 서찰 하나가 날아갔다.

화살처럼 날아가던 서찰을 지붕 위에 있던 정희가 낚아챘다.

정희는 재빨리 서찰을 펼쳤다.

순간 정희의 눈이 커졌다.

"이건…….."

그녀는 말을 잇지 못했다.

❦

그들은 다루의 가장 꼭대기인 육 층에 자리 잡고 있었다.

이곳 다루는 겉보기에는 오 층으로 이루어졌다.

하지만 안에는 육 층이라는 비밀 공간이 존재했다.

정의맹에서 관리하는 특별 지점 중 하나인 이곳 지부에는 비밀회의를 할 수 있는 공간이 마련되어 있었다.

이곳에 온 정희는 넋 나간 사람처럼 사방을 두리번거렸다.

이런 비밀 공간은 처음 봤기 때문이다.

그녀가 비밀 공간을 처음 알게 된 이유는 간단했다.

이 공간을 알기 위해서는 일급 대외비 취급 자격인 난(蘭)의 증서를 받아야 했다.

조금 전 제갈공민이 던진 서찰이 바로 난의 증서였다.

정의맹의 문서 규정은 매, 난, 국, 죽으로 나뉜다.

그중 매(梅)는 특급 기밀, 난은 일급 기밀이었다.

이전에 정희가 가지고 있던 것은 이급 기밀을 열람할 수 있는 자격인 국의 증서였다.

국의 증서는 단주와 부단주에 한해서 허락되는 제법 높은 권한이었다.

그런데 제갈공민이 갑자기 난의 증서를 던지고 이런 비밀 장소로 안내하니 정희는 이해할 수 없었다.

그녀는 주변을 두리번거리며 모든 것을 의심하고 있었다.

정희는 지금 제갈공민의 정체마저 의심하고 있었다.

혹시 제갈공민이 가짜라면?

그렇다면 자신은 납치된 것이나 마찬가지였다.

그때 제갈공민이 탁자를 쳤다.

탁!

그 소리에 정희가 고개를 들었다.

정희를 본 제갈공민이 미간을 좁혔다.

"표정을 보니 또 의심하고 있군."

"네?"

정희가 눈을 크게 뜨며 다시 시선을 피했다.

누가 봐도 속마음을 들킨 표정이었다.

그 모습에 제갈공민이 말을 이었다.

"내가 난의 권한을 준 이유를 알겠는가?"

"그야……."

정희는 답하지 못했다. 그녀는 이 모든 상황이 의심스러운 상황이었다.

그 모습에 제갈공민이 말했다.

"먼저 자네의 사부에 관한 이야기부터 해야겠군."

"그, 그게 무슨 말씀입니까?"

"자네는 무당산에서 무슨 일이 있었는지 알고 있나?"

"무당산에서 수많은 사람이 모함을 당했다는 것은 알고 있습니다."

"모함이라……."

"네, 그렇습니다. 영웅 대회를 빌미로 누군가 강호의 문파들을 분열시키려고 했다고 들었습니다. 그 중심에는 바로 하북팽가가 있고요."

"누가 한 말인가?"

"흠."

"자네의 사부가 그러던가?"

"그렇습니다."

"그걸 믿는가?"

"군사부일체라는 말이 있지 않습니까? 사부를 못 믿는다면 어찌 아비와 황제를 믿을 수 있겠습니까? 더 나아가서는 하늘도 믿지 못하겠지요."

똑 부러지게 말한 그녀가 제갈공민과 한빈을 번갈아 봤다.

그 모습에 제갈공민이 말했다.

"그럼 자네에게 난의 권한을 준 이유를 말하겠네."

"기다렸단 바예요, 군사님."

"일어나게."

"네?"

"어서 일어나 보라고 해도."

제갈공민이 정희를 일으켜 세웠다.

정희가 일어나자 제갈공민은 조용히 한빈 일행을 가리키며 말을 이었다.

"이들 중 자네가 이길 수 있는 자가 있다면 그 말을 검토해 보겠네."

"그게 무슨 말입니까?"

"무림에서의 정의는 딱 그가 가진 힘만큼만 주어진다네. 힘이 없다면 정의도 없는 것이 당연한 법이지."

"인정할 수 없네요. 정의가 바로 서면 힘은 따라오는 법이라고 배웠습니다."

"나도 얼마 전까지는 그렇게 생각했지."

"무슨 말씀이 하고 싶으신 건가요?"

"지금부터 하는 이야기는 정의맹의 일급 기밀이네."

"명심하겠습니다."

"일단 가장 먼저 천산혈랑을 잡아 그 내단을 황궁에 바쳐서 황제 폐하의 근심을 덜어 준 일부터 말해야겠군. 물론 그 일로 주변의 민심까지 진정시킨 것은 당연한 일일세. 무려 수백 명의 고수가 동원되었던 일이지만, 그 일을 해낸 것은 바로 한 명이었다네. 그리고…….."

제갈공민은 쉬지 않고 말을 이어 나갔다.

설명을 계속하는 그의 모습은 한빈이 보기에도 경이로웠다.

제법 긴 설명인데 한 호흡에 이어 나가고 있었다.

그 일은 현재까지 일어났던 무림의 기사들이었다.

설명을 듣고 난 정희는 고개를 갸웃했다.

"장운현에서 일어난 역병 사건은 모두 생불이란 분이 해결했다고 들었습니다. 그 공을 왜 하북팽가가 가로채는 거죠?"

"하북팽가의 사 공자가 바로 생불이니 당연한 일이 아니겠나?"

"하북팽가의 사 공자가요?"

"그렇다네."

제갈공민이 힐끔 한빈을 바라보자, 정희는 이해가 안 된다는 듯 고개를 흔들었다.

"말도 안 돼요. 그런 이야기는 금시초문이에요."

"그래서 일급 기밀이지. 하북에 가서 직접 확인해 보면 간단히 해결될 일일세. 그 역병이라는 것도 알고 보면 독 때문에 생긴 일이었지. 정의맹에서도 파악하지 못한 독공의 고수가 벌인 희대의 사건이었네. 만약 팽 공자가 없었다면 그 마을은 세상에서 사라졌을 것이네. 그런 공을 세운 자를 의심한다고?"

"그, 그럼 최근에 무당산에서 생긴 일은 어떻게 된 거죠?"

"당시 영웅 대회에 참석한 문파의 장로들을 하북팽가가 모함했다는 것은 사실이 아닐세."

"그럼 누가 모함했다는 건가요?"

"모함이 아니라 사실이니까. 당시 수많은 무림의 영웅이 팽 공자 덕분에 살아남았네."

"그것 역시 비밀에 부쳐진 건가요?"

"이 일이 밝혀지면 적은 팽 공자를 가장 먼저 노릴 테니까!"

"그건 그렇지만……. 그럼 이 이야기를 제게 말씀해 주시는 이유가 뭐죠?"

끝까지 의심하는 정희의 모습에 한빈이 끼어들었다.

"이제부터는 날 도와야 하기 때문이요."

"그게 무슨 말인가요?"

"제갈 군사님이 말씀한 적에 대항하기 위해서 우리는 인재를 키워 내기로 했습니다. 그 인재를 양성할 기관에는 많은 인력이 필요합니다."

"그게 저라고요?"

"그렇습니다."

한빈이 고개를 끄덕이자 정희가 눈을 가늘게 떴다.

"지금 한 말을 어떻게 믿죠?"

그 말에 한빈이 손가락을 튕겼다.

순간 탁자 위로 백색의 보따리가 올라왔다.

하얀 손은 그 백색의 보따리를 풀었다.

그 손의 주인은 설화였다. 그녀는 보따리를 푼 후 지필묵을 가지런히 정리했다.

설화는 당연하다는 듯 조용히 먹을 갈았다.

그 옆에 있는 청화는 붓을 가지런히 놓았다.

붓은 가늘지도 않고 굵지도 않았다.

크기도 굵기도 똑같은 붓은 정확히 두 자루였다.

갑작스러운 상황에 제갈공민이 눈을 크게 떴다.

왜 갑자기 붓을 들었는지 제갈공민도 알 수 없었다.

한 가지 가능성은 계약서였다.

하지만 지금 상황에서 계약서를 쓴다고?

그것은 말도 되지 않았다.

사실 한빈을 제외한 모두는 고개를 살짝 기울인 채 다음에 벌어질 일을 궁금해하고 있었다.

모두가 마른침을 삼키고 있을 때였다.

한빈이 사람 좋은 얼굴로 말을 이었다.

"우리 내기 하나 합시다."

"무슨 내기죠?"

"검으로 대결을 하기에는 서로를 다치게 할 것 같고…….
붓으로 대결하는 것이 어떻겠소?"

"붓이라고요?"

"자, 받으시오."

한빈이 붓을 던지자 정희가 반사적으로 받았다.

그녀가 붓을 받자 한빈도 남은 붓을 들었다.

그러자 설화가 먹을 갈아 놓은 벼루를 중간에 놓았다.

모두는 아직 영문을 모른 채 눈을 동그랗게 뜨고 있었다.

모두의 호기심이 한계에 다다랐을 때 한빈이 다시 말을 이었다.

"자, 이것도 받으시오."

말을 마친 한빈은 곱게 접힌 종이를 정희에게 던졌다.

휙!

날아오는 종이를 반사적으로 받은 정희가 고개를 갸웃하자, 한빈이 말을 이었다.

"종이는 심장이고 붓은 검이요. 상대의 심장에 자신의 이름을 새기면 이기는 것으로 하는 게 어떻겠소? 단, 내기의 공정성을 위해서 내공은 사용하지 않겠소."

"이게 내기라는 건가요?"

질문을 던진 정희는 붓의 무게를 가늠해 봤다.

보통의 중검이라면 자신이 불리할 터였다.

소묘파는 연검을 중심으로 수련하는 문파였다.

연검은 다른 중검보다는 몇 배나 가벼웠다. 붓은 중검보다는 연검에 가까웠다. 즉, 무게만 보면 정희의 손에 더 익숙할 수밖에 없었다.

거기에 더해 내공을 사용하지 않는다면?

초식에 자신 있는 정희에게 승부의 추는 기울 수밖에 없었다.

정희가 고개를 끄덕였다.

"내가 이기면 내 요구를 들어줄 건가요?"

"그렇습니다. 대신 내가 이기면 나를 따라오면 됩니다."

한빈이 빙긋 웃었다.

사실 처음에는 정희를 데려갈 마음이 전혀 없었다.

그런데 제갈공민이 정희를 추천하자 살짝 마음이 흔들렸다.

그리고 정희의 성격을 마주하자 전생의 일들이 다시 새록새록 떠올랐던 것.

정희는 강호 최고의 고수는 아니더라도 최고의 교관이 될 자격이 있는 이였다.

항상 의심하는 정희의 눈은 천리안과도 같았다.

어찌 보면 훈련생들에게는 천적.

그들의 사소한 실책도 놓치지 않을 것이 분명했다.

정희보다 교관으로 적합한 자를 찾기는 힘들지 몰랐다.

정희가 내기를 받아들이자 제갈공민은 근엄한 표정으로 수염을 쓸어내렸다.

"그럼 시작하겠네. 셋, 둘, 하나!"

순간 붓을 잡은 둘이 움직이기 시작했다.

종이는 서로의 가슴에 붙여 놓은 상태.

정희가 한빈의 가슴을 향해 붓을 찔렀다.

휙휙.

정희는 단번에 이 내기를 끝내겠다는 듯 자신의 이름을 그 곳에 새겼다.

순간 모두의 눈이 커졌다.

내기가 시작되자마자 정희가 이긴 것이다.

한빈이 질 것이라고는 누구도 생각지 못한 상황.

제갈공민도 이 장면이 믿기지 않는 듯 입을 딱 벌렸다.

"대, 대체 이게 어떻게 된 것인가?"

"추천받은 인재는 잘 받아 가겠습니다."

"지금 뭐라 했나?"

"그만 가 보겠다고 했습니다, 군사님."

"자, 잠시만…… 그게 무슨 말인가?"

제갈공민이 적잖게 당황하자, 한빈이 다시 손가락을 튕겼다.

딱!

이번에 나타난 것은 심미호였다.

그녀는 전각의 꼭대기까지 관을 끌고 왔다.

한 시진 전까지 요미가 들어 있던 관이었다.

관을 본 이들은 하나같이 입을 벌렸다.

그러려니 하고 한빈의 답을 기다리던 제갈공민조차 눈을 크게 떴다.

한빈이 엉뚱한 면이 있긴 하나 정도에서 벗어나는 일을 한

적은 없었다.

그런데 관이라니?

이건 상대방을 죽이겠다고 선포한 것이나 다름없었다.

그것도 잠시, 제갈공민은 표정을 수습했다.

심미호가 들고 온 관이 기억났기 때문이다.

지금 눈앞에 있는 관은 무당산에서도 봤던 관이었다.

마치 봇짐처럼 들고 다니던 물건이 바로 저 관이었다.

"저 관은 왜 가져온 것인가?"

"들고 갈 물건이 있어서 말입니다, 군사님."

"혹시 자네가 내게 부탁한 물건이 있었는가? 아무리 생각
해도 기억이 나지 않는군."

"제가 부탁하지는 않았지만, 군사님께서 주신다고 하셨
죠."

"그런 물건이 있었던가?"

제갈공민은 미간을 좁히며 깊은 생각에 잠겼다.

제갈공민은 지금 한빈이 자신에게 몰래 신호를 주는 것이
라고 생각했다.

제갈공민의 고민은 점점 깊어졌다.

그때 정희가 한 발 나섰다.

"대체 이게 뭐 하는 거죠?"

"준비되셨습니까? 부단주님? 아니 정 교관."

"지금 뭐라고……."

그녀는 말을 잇지 못했다.

한빈의 손이 날아왔기 때문이다.

그녀는 재빨리 개구리처럼 뒤로 물러났다.

속도 하나만은 일품이었지만, 아쉽게도 한빈의 속도가 더 빨랐다.

뒤로 물러난 만큼 한빈은 여유 있게 다가섰다.

눈 깜짝할 사이에 그녀의 코앞에 선 한빈이 입가에 미소를 띠었다.

정희가 제갈공민을 바라보며 구해 달라는 무언의 신호를 보냈다.

하지만 그럴 틈도 없이 한빈의 손이 들어왔다.

한빈의 검지가 정희의 혈도를 눌렀다.

점혈당한 정희가 힘없이 쓰러지자 설화가 순식간에 나타나서 안아 들었다.

그러고는 관으로 끌고 가서 그녀를 눕혔다.

눈은 멀뚱히 뜬 채 관에 옮겨진 정희를 바라본 제갈공민이 깜짝 놀라 물었다.

"지금 무슨 짓인가? 혹시 부단주가 첩자라도 된다는 말인가?"

"첩자라니요? 우리 정 교관이 깨끗한 것은 누구보다 제가 더 잘 압니다."

"그럼 혹시 둘이 원수지간인가?"

"원수지간이요? 정 교관과 저는 안 지 얼마 되지 않았습니다. 길 가다가 만난 사이입니다."

한빈이 빙긋 웃자 제갈공민이 다급하게 물었다.

"그렇다면 이게 무슨 일인가? 내가 인재를 추천한다고 했지, 납치하라고는 하지 않았네. 이건……."

"여기 보십시오."

한빈은 자신의 가슴에 붙어 있는 종이를 펼쳤다.

제갈공민이 고개를 갸웃했다.

아까 심장이라면서 가슴에 붙여 놓은 종이를 펼치자 정갈한 필체가 나타난 것이다.

제갈공민은 본능적으로 상체를 기울였다.

필체는 천하의 명필이라 할 수 있었다.

"좋군, 좋아. 그런데……."

그는 말을 맺지 못했다. 그곳에는 상상도 못 할 내용이 적혀 있었다.

이건 듣도 보도 못한 내용이 적혀 있는 계약서였다.

제갈공민은 차분하게 상황을 되짚었다.

가슴팍에 매달았던 종이가 계약서였다고?

승부는 이겼지만 이런 불공정한 계약서에 깐깐한 부단주가 서명했다는 것이다.

부단주의 입장에서는 미치고 팔딱 뛸 일이었다.

제갈공민은 일단 모른 척 표정을 수습했다.

그때 한빈이 말을 이었다.

"다 보셨는지요?"

"보긴 봤네. 그런데 이게 무엇인가?"

"보시면 아시겠지만, 제가 정 교관을 수하로 채용하겠다는 계약서입니다."

"자, 잠시만……. 채용하다니?"

"지금 제게 인재를 추천하시지 않았습니까?"

"그랬지."

"그래서 저는 정 교관을 채용하기로 했습니다."

"그러고 보니……."

제갈공민은 눈을 가늘게 떴다. 생각해 보니 한빈이 아까부터 부단주를 교관이라 칭한 것이 기억났기 때문이다.

제갈공민은 재빨리 계약서를 살폈다.

그곳에도 교관이라는 직책이 적혀 있었다.

그렇다면? 이 모든 일은 철저히 준비된 행동이란 말이었다.

철저히 준비된 행동이라면 부단주의 안위에도 이상이 없을 터.

제갈공민은 터져 나오는 한숨을 속으로 삼켰다.

그는 허탈하게 웃으며 한빈을 바라봤다.

"허허. 그 짧은 시간에 철저히 준비했군. 그 시간이라면 먹물이 마르지도 않을 시간인데 말이네."

"보시다시피 먹물은 이미 말랐습니다."

"그런데 내용이 조금 악랄하지 않은가?"

"혹시 그런 말 아십니까?"

"또 무슨 말을 하려고 하나?"

"사람은 고쳐 쓰는 게 아니라는 강호 속담이 있지 않습니까?"

"그 속담과 이 상황은 연관이 없는 것 같네."

"정 교관의 마음속에 있는 의심을 지우지 않는 한, 저와는 일할 수 없습니다."

"그건 이해하네."

제갈공민이 고개를 끄덕였다.

정희의 의심은 정의맹 내에서도 유명했다.

거기에 더해서 하북팽가를 캐고 다닌다는 것도 제갈공민은 알고 있었다.

제갈공민은 이 기회에 정희가 직접 한빈을 확인하면 그 오해는 풀릴 거라 생각하고 있었다.

그런데 도리어 한빈이 먼저 나선 것이다.

하지만 제갈공민은 진심으로 이 상황이 궁금했다.

오해를 풀기는커녕 더 쌓일 판이 아니던가?

제갈공민의 표정을 본 한빈이 그럴 줄 알았다는 듯 고개를 끄덕였다.

"걱정하시는 건 이해합니다. 하지만 이제부터 정 교관은 제 사람이니 마음 놓으십시오. 설마 제 사람을 죽이기야 하겠습니까? 뭐, 계약서에 내용에 따르면 훈련 중 일어나는 일에 대해서는 일체 책임을 묻지 않겠다고 되어 있지만요."

슬쩍 입꼬리를 올리는 한빈을 본 제갈공민이 한숨을 내쉬었다.

"허."

그 한숨 소리와 동시에 다급한 목소리가 관 속에서 흘러나왔다.

"너는 하늘이 무섭지도 않으냐? 내가 계약서에 언제 서명을 했느냐! 정의맹의 군사님이 모든 것을 지켜봤다!"

쉬지 않고 들려오는 소리에 한빈은 눈짓했다.

심미호는 단 한 번의 동작으로 관을 열었다.

순간 은밀히 스며드는 설화의 손.

모든 것이 자연스러웠다.

다시 관이 닫혔을 때 정희의 목소리는 들리지 않았다.

주변이 잠잠해지자 한빈이 물었다.

"혹시 제가 계약서에 억지로 서명하라 시킨 걸 본 적이 있으십니까?"

"나는 아무것도 못 봤네. 그저 자네에게 정 교관을 추천했을 뿐이네."

제갈공민이 빙긋 웃자 한빈이 작게 고개 숙였다.

"이해해 주셔서 감사합니다. 정식 교관이 될 때까지 제가 사람을 만들어 보겠습니다."

"그럼 부탁하네."

"저만 믿으십시오. 무림의 튼튼한 기둥이 될 수 있도록 모든 지원을 아끼지 않겠습니다."

한빈이 손가락을 튕기자 설화가 다시 나타났다.

이번에도 설화는 보따리를 들고 있었다.

다만 안에 들어 있는 내용물이 조금 달랐다.

제갈공민이 보따리를 보고 황급히 물었다.

"이게 무엇인가?"

"마지막 남은 백아주입니다. 목이라도 축이시죠."

한빈은 조용히 술잔을 건넸다.

그렇게 밤은 깊어 갔다.

물론 술잔 부딪치는 소리에 이를 갈고 있는 이도 있었다.

그는 다름 아닌 관 속에 누워 있는 정희였다.

그녀는 조금 전의 비무를 더듬어 봤다.

만약 상대가 가슴을 내어 주지 않았다면? 그렇게 쉽게 붓을 댈 수 있었을까?

정희는 고개를 흔들었다.

생각해 보면 자신이 들고 있는 붓에 상대가 들이댄 모양새였다.

그렇다면?

상대와 자신의 수준은 하늘과 땅이라는 말이었다.

문제는 그런 힘이 있으면서 왜 이런 소인배 같은 수법으로 계약서를 받았느냐 하는 점이었다.

그보다 더 황당한 것은 믿었던 제갈공민까지 한패라는 사실이었다.

걱정도 잠시, 꼼짝달싹 못 하던 정희는 자신도 모르게 잠이 들었다.

그녀가 다시 깨어났을 때는 관이 심하게 흔들리고 있었다.

한빈은 관을 싣고 하북으로 향하고 있었다.

제갈공민과는 그동안 못 했던 이야기를 나누었다.

덕분에 백아주는 한 방울도 남지 않았다.

제갈공민과 헤어진 지는 벌써 반나절이 지났다.

한빈은 수레 위에 앉아서 턱을 괸 후 주변을 살피고 있었다.

흔들리는 수레 위에서 풍경도 같이 흔들렸다.

지금 수레가 굴러가는 곳은 잔도 위였다.

그 아래에는 보기에도 아찔한 절벽이 펼쳐져 있었다.

그들이 잔도를 따라가는 이유는 그 끝에 나루터가 있기 때문이다.

그 나루터는 백경의 초아와 자청이 배를 대놓기로 한 나루터였다.

그곳까지만 가면 눈 깜짝할 사이에 하북까지 갈 수 있었다.

한빈 일행은 생각보다 단출해졌다.

조 환관과 요미 그리고 호조는 이미 조용히 한빈의 곁을 떠났다.

한빈의 지시를 이행하기 위함이었다.

한빈은 조 환관에게는 조정으로 복귀하라고 지시했으며, 요미와 호조에게는 그들의 사문을 철저히 조사하라고 명령했다.

한빈은 조 환관의 사문이 백경과의 전쟁에서 중요한 열쇠가 될 것이라고 생각했다.

덜그럭. 덜그럭.

수레는 쉬지 않고 잔도 위를 지나갔다.

저 멀리서 작은 점 하나가 보이기 시작했다.

그 점은 백색의 점이었다.

그것이 초아가 탄 배라는 것을 한빈은 안 봐도 알 수 있었다.

잠시 후 도착한 나루터.

나루터 앞에는 초아를 비롯한 백경의 선원이 늘어서 있었다.

마치 황족을 마중하듯이 경건한 자세로 고개를 숙이고 있는 그들.

한빈은 조용히 손을 저었다.

"다들 잘 지냈어?"

"덕분에 잘 지냈어요, 주군."

"일단 여기 있는 관부터 옮겨 줘."

"존명!"

초아가 포권하며 옆을 힐끔 바라봤다.

동시에 초아의 수하들이 관을 배로 옮겼다.

그때였다.

뒤쪽에 있던 마원이 한빈의 소매를 잡았다.

"팽 공자. 아니 팽 대협."

"왜 그러십니까? 마 대협."

"저희는 이만 가 봐야겠습니다. 소군의 상태도 많이 좋아졌으니 이제 돌아갈 때가 된 것 같습니다."

"흠, 괜찮으시겠습니까?"

한빈이 눈을 가늘게 떴다. 마원과 소군이 걱정되는 것은 사실이었다.

마원과 소군은 정마대전에 있어서 가장 중요한 열쇠가 될 터였다.

그들이 마교로 돌아가서 다시 권력을 쥔다면 정마대전은 일어나지 않을 테니까.

어찌 보면 그들이 돌아가기에는 지금이 적기가 맞았다.

지난번 잡은 천산혈랑의 온전한 내단으로 소군은 완벽하게 깨진 단전을 회복한 상태였다.

그러니 마교의 내분이 깊어지기 전에 하루라도 빨리 돌아가는 것이 최선이었다.

그들이 다시 마교의 권력을 잡게 된다면?

한빈의 뒤통수를 칠 세력 하나가 줄어든다는 뜻이었다.

아무 말 없이 마원의 옆에 서 있던 소군은 눈물을 글썽였다.

그 모습에 설화가 조용히 다가갔다.

"울지 마. 나중에 또 놀러 오면 되잖아."

"어, 언니."

소군이 소매로 눈물을 훔쳤다.

그 모습을 본 한빈은 조용히 하늘을 올려다봤다.

지금 모습만 보면 그를 마교인이라고 볼 사람은 아무도 없었다.

그저 어린아이일 뿐이었다.

그때 소군이 검 두 자루를 건넸다.

그 검은 소군이 들고 있던 자청쌍검이었다.

소군이 들고 있는 바람에 자청쌍검의 귀기는 완벽하게 사라졌다.

이제는 사람이 들고 다닐 수 있는 검이 된 것이다.

설화는 조용히 두 자루의 검을 받아 들었다.

잠시 머뭇머뭇하던 설화가 자신의 비녀를 뺐다.

순간 설화의 머리가 좌르르륵 내려왔다.

설화는 자신의 비녀를 소군의 머리에 꽂아 주었다.

"위험할 때 써."

"이, 이걸 진짜 주시는 거예요?"

소군이 당황한 듯 비녀를 확인했다.

비녀를 두고 오가는 대화치고는 다소 이상한 상황이었다.

하지만 그들의 대화는 당연했다.

설화가 건넨 비녀는 사천당가에서 준 선물이었다.

그냥 비녀가 아니라 절체절명의 위기에서 한 번쯤 목숨을
구해 줄 수 있는 사천당가의 암기였다.

그때 청화도 다가왔다.

청화는 가슴에 붙어 있던 나비 모양의 장신구를 건넸다.

그 장신구도 역시 사천당가의 물건.

그냥 단순한 암기가 아니라 사천당가의 직계에만 주어지
는 절대 암기였다.

장신구를 건넨 청화가 활짝 웃었다.

"그냥 가져가! 거긴 위험한 곳이잖아."

청화가 건넨 장신구에 소군의 눈이 커졌다.

장신구를 바라보는 소군은 어찌할 줄 몰라 했다.

그 모습에 청화가 손수 소군의 옷에 장신구를 달아 주었다.

잠시 장신구가 잘 달렸는지를 확인한 청화가 소군의 어깨를 두드렸다.

"다치지 말고, 소군아."

"고마워요. 제가 성공하면 몇 배로 갚을게요."

소군이 울 듯 말 듯 한 표정으로 고개를 끄덕였다.

그때 설화가 끼어들었다.

"그럼 우리는 투자한 거네. 헤헤."

설화의 웃음에 소군도 따라 웃었다.

그 웃음이 잦아들 때쯤, 한빈이 진지한 표정으로 마원을 바라봤다.

"한 가지 부탁이 있습니다."

"말씀하시지요, 팽 대협."

"그냥 편하게 불러 주십시오."

"알겠습니다, 팽 공자."

"뭐, 그게 부탁은 아닙니다. 제 부탁은……."

목소리를 줄인 한빈이 상체를 기울였다.

둘 사이에 오가는 귓속말에 모두는 고개를 갸웃했다.

한빈과 마원은 의미심장한 눈빛을 주고받았다.

순간 멀리 있던 악비광이 눈을 가늘게 뜨며 달려왔다.

마원이 갈 곳이 위험하다는 말 때문이었다.

달려온 악비광은 마원의 앞에서 잠시 망설이다가 자신의 창을 건넸다.

"받으십시오. 제가 줄 건 이 창밖에는 없습니다."

"이건 그대가 아끼는 창이 아니오?"

"괜찮습니다. 저는 돌아가서 새로 하나 만들면 됩니다. 길이나 무게 모두 잘 맞을 겁니다."

"이걸 내게 줘도 괜찮겠소?"

마원이 머뭇거리자 악비광은 아무렇지 않게 창을 건넸다.

"그냥 받으십시오."

"감사하오. 나중에 이 은혜를 갚으리다."

"그럼!"

악비광은 그에게 살짝 고개를 숙인 뒤 돌아섰다.

아무래도 그동안 정이 많이 든 것 같았다.

같이 죽을 고비를 넘겼으니 감회가 남다를 것이 분명했다.

고개를 끄덕이던 한빈이 말했다.

"제가 한번 찾아가겠습니다."

"진심이오? 팽 공자."

마원이 놀란 듯 눈을 크게 뜨자 한빈이 고개를 끄덕였다.

"제 걱정은 하지 마십시오."

"고맙소이다. 그럼……."

마원은 모두에게 포권한 뒤 소군과 함께 사라졌다.

점이 되어 사라지는 그들을 보던 한빈이 말했다.

"이제 출발하자."

바람 한 점 없는 강물 위, 순백의 점이 둥둥 떠다녔다.

바로 한빈이 탄 백경의 선박이었다.

흰색의 돛은 묘하게도 먼지 한 톨 묻지 않았다.

순풍에 돛을 달았다는 표현 그대로 배는 아무 일 없이 달려 나갔다.

밤이 되자 배는 강가에 멈추었다.

무리해서 가다가는 암초에 걸릴 수도 있기 때문이었다.

희미하게 흔들리는 배 위에서는 잠이 든 사람도 있었고 밤을 즐기는 사람도 있었다.

한빈은 악비광과 함께 바둑을 두고 있었고 설화와 청화는 잠을 자고 있었다.

그리고 나머지 사람들은 자신의 무기를 정비하고 있었다.

이 배를 책임지고 있는 초아는 평화란 이런 것인가 하는 생각을 했다.

사실 이 배의 전 선주인 백이 있을 때만 해도 이런 분위기는 상상도 하지 못했었다.

언제 목이 달아날지 모르는 상황에서 한껏 긴장하고 있었다.

그런데 지금은 사정이 조금 달라졌다.

위험은 전보다 몇 배 높아졌지만, 묘하게도 마음이 안정되었다.

초아뿐이 아니었다.

이 배에 탄 백경의 무사들 모두가 그렇게 느끼고 있었다.

그들이 이렇게 느끼는 건 그들의 머릿속에 있던 혈고가 제거되었기 때문일 것이다. 그뿐 아니라 한빈은 그들에게 가족들의 행방을 찾아 주겠다는 약속까지 했다.

이제까지와는 완벽하게 다른 처우에 그들은 한빈에게 진심으로 충성을 맹세한 상태였다.

거기에 한빈은 백과 같은 결벽증도 가지고 있지 않았다.

백은 하얀색 배 위에 조그만 흠집이라고 생기면 선원의 팔목을 자를 만큼 모든 것을 하얗게 유지해야 한다는 강박증이 있었다.

하지만 한빈은 '까짓것!'이라는 한마디로 모든 것을 마무리했다.

갑판이 더러워지든 말든 상관 쓰지 않았다.

오히려 인간미가 없다고 조금 어지럽히라는 지시까지 내렸다.

그들은 그것이 한빈의 배려라는 것을 알고 있었다.

이러니 새로운 주군인 한빈을 존경하지 않을 수 있겠는가?

상황이 이렇다 보니 그들은 넉넉한 수련 시간까지 가질 수 있었다.

덕분에 그들의 무공은 백이 배의 주인으로 있을 때보다 일

취월장한 상태였다.

하지만 오늘은 수련이 금지된 날.

한빈이 모두에게 휴식을 명했기 때문이다.

초아도 수하들과 함께 오랜만에 밤 경치를 즐기고 있었다.

은하수가 강물 아래에 비치자 강이 하늘이 된 것 같은 착각이 들었다.

"오늘따라 강물이 예쁘네."

"그렇죠? 조장."

자청이 맞장구칠 때였다.

툭. 툭.

어딘가에서 울리는 낯선 소리에 화들짝 놀란 자청이 검집을 잡았다.

초아가 검집을 잡자 자청도 덩달아 경계 태세를 펼쳤다.

그것도 잠시, 초아는 고개를 갸웃했다.

"흠, 잘못 들었나?"

"아닌데요. 저도 들었어요, 조장."

자청이 초아를 바라봤다.

그때 다시 소리가 들렸다.

툭. 툭.

순간 초아와 자청의 고개가 같은 방향을 향했다.

그들의 시선이 향한 곳은 배의 아래쪽이었다.

아래쪽은 항해에 필요한 물품을 몰아넣은 창고와 주방이

있었다.

깔끔한 것을 선호하는 이전 선주인 백의 취향 덕분에 주방을 아래에 만들어 놓은 것이다.

초아는 힐끔 한빈을 바라봤다.

그 모습에 자청이 물었다.

"주군께 도움을 청하시게요?"

"그건 안 되지. 이런 사소한 일까지 주군께 부탁한다면 우리가 존재할 필요가 있을까?"

"네, 맞아요."

자청이 고개를 끄덕이자 초아는 검집을 움켜잡은 후 아래쪽 선실로 내려갔다.

뒤쪽에서는 호롱불을 잡은 자청이 앞을 비추고 있는 상황. 하지만 그들의 눈앞에 보이는 것은 아무것도 없었다.

보이는 것이라고는 정돈된 화물뿐이었다.

한참을 살펴보던 초아가 고개를 갸웃했다.

"이상하네……. 분명히 소리가 들렸는데."

"혹시 강물 소리가 아닐까요?"

"설마 내가 그걸 구별 못 할까? 너도 그 소리를 들었잖아."

"그렇죠. 그건 평범한 물소리가 아니었어요. 그런데 여기는 아무도 없잖아요. 그만 올라가요."

"그래, 올라가자."

초아가 막 고개를 돌릴 때였다.

툭. 툭.

다시 기괴한 소리가 울렸다.

순간 초아의 등에 소름이 쫙 돋았다.

사실 강호에 나가면 대적할 자가 손에 꼽을 초아였다.

보이는 것은 무섭지 않지만, 눈에 보이지 않은 존재에게는 두려움을 가질 수밖에 없었다.

초아는 문득 이것이 귀신의 장난이라는 생각이 들었다.

초아는 자신도 모르게 경문을 외쳤다.

"반야 바라밀……!"

"귀신은 물러가라!"

자청도 낮은 목소리로 읊조렸다.

잔뜩 겁을 먹은 그들은 조심스럽게 소리의 원인을 향해 걸어갔다.

저벅저벅.

자신의 발소리까지 유난히 크게 느껴지는 것은 왜일까?

초아는 자신도 모르게 발소리를 최대한으로 줄였다.

완벽하게 기척을 숨기자 소리가 더욱 크게 들려왔다.

툭. 툭.

그 소리에 초아는 재빨리 검을 뽑았다.

스릉.

검을 뽑은 초아는 재빨리 앞을 살폈다.

앞쪽에는 호롱불 아래 일렁이는 자신의 그림자밖에 없었다.

그때 다시 소리가 들렸다.

툭. 툭.

가만히 보니 소리가 나는 곳은 관이었다.

초아는 그제야 관이 기억났다.

한빈이 보관해 두라면서 맡긴 관이었다.

초아는 고개를 갸웃하며 자청에게 물었다.

"대체 저기에 뭐가 들어 있는 거지?"

"식자재가 아닐까요? 주군은 항상 저 관에다가 약이나 식
자재를 담아 오셨잖아요. 아마도 날이 밝으면 저 관에 있는
식자재를 다듬으라고 지시하실 것 같은데요. 지난번에 가져
온 생물은 진짜 맛있었어요. 얼마나 팔딱대는지 말이에요."

"그래, 그때 그 고기는 입에서 녹았지."

그들의 말은 사실이었다.

한빈이 가지고 다니는 현철 관에는 가끔 맛있는 고기가 담
겨 있었다.

완벽하게 기온을 차단하는 현철의 속성 덕분인지 안에 담
긴 고기는 신선하기 짝이 없었다.

거기에 물고기를 잡아서 보관하면 일주일이 넘게 신선함
을 유지할 수도 있었다.

심지어는 물이 없어도 살아 숨 쉬었다.

그들은 한빈이 현철 관을 가져올 때면 기분 좋게 포식하곤
했다.

초아는 자신도 모르게 입맛을 다시다가 고개를 살짝 기울였다.

그 모습에 자청이 물었다.

"왜 그러세요?"

"갑자기 소리가 안 들리는 것 같지 않아?"

"그러게요."

"혹시 자기가 죽을지 몰라서 숨을 죽이고 있는 거 아니야?"

물론 그들이 말하는 것은 물고기였다.

초아는 툭툭 하는 소리가 물고기의 꼬리가 관을 치면서 내는 소리라고 생각했다.

"그런가 봐요. 미물도 생각이 있다더니 그게 맞는 말인가 봐요."

"그럼 미리 우리가 손질해 놓을까? 너는 어서 식도하고 도마 좀 준비해."

"네, 알겠습니다. 조장."

자청은 호롱불을 걸어 놓은 채 주방으로 뛰어갔다.

사라진 자청을 본 초아는 입맛을 다시며 현철로 만든 관 뚜껑을 들어 올렸다.

뚜껑을 들어 올리던 초아는 고개를 저었다.

이상하게 뚜껑이 들리지 않았다.

"영차!"

초아가 다시 힘을 써 보았지만, 뚜껑은 요지부동이었다.

그때 식도를 들고 온 자청이 관을 가리켰다.

"왜 그러세요?"

"누가 꼭 관 뚜껑을 붙들어 놓은 것처럼 안 열리네."

"제가 도와드려요?"

"괜찮아."

말을 마친 초아는 다시 관 뚜껑을 잡았다.

"영차!"

역시나 뚜껑은 열리지 않았다.

사실 초아가 한 말은 사실이었다.

안쪽에서는 관 뚜껑을 필사적으로 잡은 이가 있었다.

그는 다름 아닌 정희였다.

정희는 이를 악물고 관 뚜껑을 잡고 있었다.

그녀가 깨어난 것은 딱 반 시진 전이었다.

이 관은 특성상 안쪽에서는 열 수 없는 구조로 되어 있었다.

누군가를 가둬 놓을 것까지 생각한 한빈이 관을 개조했기 때문이었다.

그래서 그녀는 관 뚜껑을 두드렸다.

이대로 관 안에 있다가는 죽을지도 모른다는 생각 때문이었다.

그녀의 마지막 모습은 혈도를 제압당하고 쓰러지는 것이었다.

마지막에 기억하기로는, 그렇게 믿던 수석 군사 제갈공민마저 자신을 버렸었다.

정희는 이곳을 나간다면 모든 것을 밝혀내리라고 다짐했다.

그 다짐이 무색하게도 그녀는 지금 후회하고 있었다.

바로 누군가의 대화를 들었기 때문이다.

그들은 관에 있는 자신을 재료로 요리를 한다고 준비하고 있었다.

인육을 즐기는 무리라?

사실 정희는 이곳이 어딘지, 하북팽가 사 공자의 정체가 무엇인지 따위는 궁금하지 않았다.

일단은 이곳에서 살아남는 것이 먼저였다.

그런데 그녀에게 기회는 오지 않았다.

밖에 있는 자들이 미리 재료를 손질하기 위해 관을 열려고 했기 때문이다.

이 관이 열리면 자신은 누군가의 입속으로 들어갈 터.

이대로 생을 마감할 수는 없었다.

거기에 그들의 힘은 가공할 정도였다.

지금 정희의 손가락은 얼얼했다. 만약에 죽음을 앞뒀다는 생각에 초인적인 힘을 발휘하지 않았다면 관 뚜껑이 열렸을 것이다.

그때였다.

다시 누군가 관을 열려 했다.

정희는 힘껏 관을 움켜잡았다. 순간 정희가 관 뚜껑에 매달린 채 딸려 나왔다.

관 뚜껑을 연 초아는 눈을 크게 떴다. 관 뚜껑에 붙어 있는 기괴한 물체 때문이었다.

물체는 누가 봐도 귀신의 형상을 하고 있었다.

풀어 헤친 머리와 소복.

거기에 관 뚜껑에 아무렇지 않게 매달려 있는 모습이라니!

이건 마치 어릴 적 듣던 옛날이야기 속 귀신의 모습과 똑같았다.

초아는 자신도 모르게 주춤주춤 물러섰다.

뒤로 물러서던 초아가 뚜껑을 던졌다.

팍!

뚜껑이 벽에 닿기 전에 귀신이 내려왔다.

순간 초아가 외쳤다.

"누, 누구냐?"

그 외침에 머리를 풀어 헤친 귀신이 후다닥 달려왔다.

초아는 귀신의 눈빛을 보았다.

누가 봐도 초점이 없는 것이, 인간의 눈빛이라고는 할 수 없었다.

눈빛을 본 초아는 자신도 모르게 길을 터 줬다.

식도를 든 자청도 마찬가지로 한 발 물러섰다.

이것은 무인이 아닌 인간으로서의 본능이었다.

통로가 열리자 귀신이 서서히 다가왔다.

초아와 자청은 더 뒤로 물러났다.

그 틈을 타서 선실을 빠져나가는 귀신.

타다닥.

귀신의 발소리에 선실이 울릴 정도였다.

"발소리가 왜 나지?"

초아가 고개를 갸웃했다.

초아는 그제야 그것이 형체가 있는 사람이라는 것을 깨달았다.

"멈춰!"

초아의 외침에 선실 입구에 가까이 있던 자청이 식도를 든 채 달려 나갔다.

그들이 밖으로 나오자 정적만이 맴돌던 갑판 위가 술렁이기 시작했다.

귀신과 신도를 든 자청이 갑판 위에서 대립하고 있던 순간이었다.

한빈이 외쳤다.

"정 교관, 이리로 와 봐! 인사해야지."

그 외침에 모두는 서로를 바라봤지만, 이 상황을 설명할 수 있는 자는 아무도 없었다.

그때 한빈이 바둑돌 하나를 잡았다.

누가 봐도 누군가에서 던질 태세였다. 하지만 예상과는 다르게 한빈은 바둑판 위에 돌을 던졌다.

"내가 졌다고 칠게, 악 아우."

"아, 그렇게 두드려 패 놓고 이러시면 어떻게 합니까? 형님."

악비광이 억울한 듯 눈물을 글썽이자 한빈은 다시 돌 하나를 더 던졌다.

툭.

"아니, 졌다고 해도 뭐라고 하네."

"아니, 지금은 봐준 게 아닙니까? 제가 언제 봐달라고 했습니까? 제가 그렇게 불쌍해 보입니까?"

불쌍한 표정을 짓던 악비광은 눈을 좌우로 움직였다.

아무리 봐도 주변의 분위기가 수상했기 때문이다.

악비광은 천천히 고개를 돌렸다.

그곳에는 소복을 입은 귀신이 서 있었다.

"앗, 귀신이……."

표정을 바로 바꾼 악비광이 세워 뒀던 창을 움켜쥐었다.

물론 그 창은 마원에게 주고 남은 여분의 창이었다.

악비광은 말없이 창날을 귀신, 아니 정희에게 겨누었다.

그 모습에 정희가 고개를 들었다.

"인육까지 먹을 줄은 상상도 못 했구나. 너희의 악행은 어디까지더냐?"

"귀신이 아니었어?"

악비광이 고개를 갸웃하며 정희를 바라봤다.

순간 다시 갑판이 조용해졌다.

악비광은 창날을 그대로 들이민 채 고개를 돌렸다.

이 상황을 설명해 줄 수 있는 사람은 한빈밖에 없을 듯 보여서였다.

악비광의 시선을 받은 한빈이 말을 이었다.

"무슨 말을 하는지 모르겠네."

"형님, 인육이라니, 대체 무슨 말입니까?"

"나도 몰라. 하도 시끄럽길래 좀 자라고 관에 재워 놨더니 깨어나서는 헛소리를 하네."

한빈의 말에 정희가 이를 악물었다.

"저길 봐라. 저자들이 나를 재료 삼아 요리하겠다고 하는데도 시치미를 뗄 심산이냐?"

"누굴 재료로 삼는다고?"

한빈은 주위를 둘러봤다.

그때 식도를 든 자청의 모습이 들어왔다.

한빈이 의심 가득한 눈으로 자청을 바라봤다.

"어떻게 된 일이지?"

"저는 관 안에 재료가 들어 있는 줄 알았죠. 설마 사람이 들어 있을 줄은 몰랐어요."

"흠. 그러니까 지금 정 교관이 너희 말을 듣고 오해했다는 거네."

"그런데 정 교관이라니요?"

"저기 있는 귀신이 정 교관이야."

말을 마친 한빈은 품에서 계약서를 꺼내 흔들었다.

계약서를 본 자청이 재빨리 물었다.

"그건 뭔가요? 주군."

"피보다도 더 끈끈한 관계로 맺어졌다는 것을 증명하는 내용의 계약서지."

"피보다도 더 끈끈한 관계요?"

자청이 고개를 갸웃하자 한빈이 계약서를 던졌다.

휙!

계약서를 확인한 자청의 눈이 커졌다.

"이건 계약서가 아니라 신체 포기 각서잖아요. 그리고 어떠한 불이익을 감수하겠다고 한 걸 보면…… 주군과 막역한 관계인 것 같네요."

자청이 뒷머리를 긁적이며 정희에게 멀어졌다.

그때 정희가 깜짝 놀라서 손을 뻗었다.

계약서를 보기 위함이었다.

정희는 다급한 표정으로 달려들었다. 마치 소가 뿔을 세우고 돌진하는 모습과도 비슷했다.

하지만 자청은 그리 호락호락하지 않았다.

자청은 재빨리 한 걸음 옆으로 피했다. 순간 정희의 손은 허공을 헤맸다.

그때였다.

한빈이 나지막한 목소리로 말을 이었다.

"지금부터 교관 훈련을 시작한다. 첫 번째 훈련은 저 계약서를 빼앗는 것이다. 저 계약서를 못 뺏으면 밥은 없다."

"지, 지금 대체……."

정희가 떨리는 목소리로 한빈을 바라봤다.

그때 자청은 기다렸다는 듯 뒤로 물러났다.

훈련이란 말은 정희의 귀에 들어오지도 않았다.

저 계약서가 궁금할 뿐이었다.

정희는 재빨리 자청을 쫓았다.

그때부터 자청을 쫓는 정희의 추격전이 시작되었다.

자청은 백경의 고수였고, 정희 또한 소묘파의 고수로 불리던 인재였다.

어릴 적부터 천재 소리를 듣고 자랐던 정희는 이제까지 큰 어려움이 없이 살았다.

그녀에게 모자란다는 말을 하는 이는 아무도 없었기 때문이다.

정의맹의 감찰 기구인 정안단의 부단주 직책을 물려받게 된 것도 이런 자신감이 있었기 때문이었다.

정희가 보기에 자청은 그리 뛰어나 보이지 않았다.

몇 번 손만 쓰면 계약서를 손에 쥘 수 있다고 생각했다.

하지만 그것이 착각이라는 것을 정희는 바로 알아챘다.

아무리 달려가도 거리가 좁혀지지 않았다.

어쩌다가 거리를 좁힌 후 손을 뻗으면 대수롭지 않게 팔뚝으로 정희의 손목을 툭 쳐 냈다.

마치 어른이 아이의 장난을 받아 주듯 말이다.

이쯤 되자 정희는 오기가 생겼다.

그녀는 쉬지 않고 달려들었다.

그러나 곧 문제가 생겼다. 사람에게는 한계가 있는 법이었다.

정희는 하루를 꼬박 굶었다. 그런 상황에서 계속 속도를 낼 수는 없었다.

반 시진이 지나자 정희의 다리가 덜덜 떨리기 시작했다.

문제는 자청은 처음과 똑같이 멀쩡하다는 점이었다.

얼마 못 가서 정희는 쓰러졌다.

털썩.

그렇게 날이 밝았다.

날이 밝자 그들은 다시 돛을 올렸다.

다시 천천히 강물을 따라 흘러가는 백경의 배는 마치 강물 위에서 학이 노니는 것만 같았다.

지나가는 선박들은 그런 백경의 배를 한 번씩 바라봤다.

물론 배 안에서 일어나는 일을 그들이 알 리는 없었다.

배 안은 그 어느 때보다 평온했다.

정희의 추격전도 이제는 끝난 듯 보였다.

정희는 바닥에 쓰러진 채 아직도 못 일어나고 있었다.

그 모습을 본 악비광이 물었다.

"형님, 괜찮을까요?"

"너는 무공의 기분이 뭐라 생각하느냐? 비광아."

"그야 속도요? 그게 아니면 내공?"

"둘 다 아니다."

"그럼 무공의 기본이 뭔가요?"

"살겠다는 의지."

"네?"

"살겠다는 의지가 가장 먼저 따라와야 한다고 본다. 무관에서 가르치는 것도 그 살겠다는 의지가 먼저이다. 그런데 교관이 그런 의지가 없다고? 나는 그런 교관은 필요 없다."

"그럼 이것도 훈련입니까?"

"물론이지. 저래서야 어찌 살아남겠느냐?"

한빈은 갑판 위에 쓰러진 정희를 보며 혀를 찼다.

순간 정희의 몸이 꿈틀했다.

그것도 잠시, 정희는 고개를 떨궜다. 누가 봐도 정신을 잃은 것이다.

그때 자청이 조심스럽게 다가왔다.

"주군, 저러다가 진짜 죽겠어요. 먹을 거라도 갖다줄까요?"

"아니다. 훈련은 훈련. 절대 규칙을 바꿀 수는 없다."

한빈의 말은 진심이었다.

지금 한빈은 정희를 교관 중 하나로 생각하고 있었다.

하북에 도착하기 전에 기본적인 것은 가르치는 것이 맞았다.

한빈이 가르쳐야 할 것은 무공이 아니었다.

바로 생존 방법이었다.

그때였다.

정희가 갑자기 몸을 들썩였다.

얼핏 보기에는 발작을 일으키는 것 같았다.

발작은 점점 심해졌다.

그 모습을 본 한빈은 아무렇지 않게 입꼬리를 올렸다.

입꼬리를 올린 한빈의 모습에, 놀란 악비광이 말했다.

"형님, 진짜 저러다가 죽겠습니다. 부단주가 죽으면 정의맹과 소묘파에서 가만히 있지 않을 겁니다."

"계약서에 그런 책임은 지지 않아도 된다고 쓰여 있으니까 걱정하지 마. 그들은 내게 책임을 물을 수 없어. 그러니 우린 걱정할 게 없지. 이제 어떻게 하나 보자고."

"아무래도 안 되겠습니다. 이러다가 십대세가와 정의맹 사이에 전쟁이 날 것 같습니다."

"가만있으래도."

한빈은 악비광을 끌어 앉혔다. 대신 걱정 섞인 눈빛으로 정희를 보는 자청에게 속삭였다.

"걱정되면 보고 와."

"그래도 될까요?"

"마음대로 해."

한빈이 고개를 끄덕이자 자청이 상자 하나를 들고 정희에게 다가섰다.

상자 안에는 약이 들어 있었다.

사실 자청은 속으로는 놀라고 있었다. 주군인 한빈이 상대를 교관이라고 칭하고 있었다. 거기에 계약서까지 쓰지 않았는가?

그렇다면 수하로 거두겠다는 의지를 표한 것이었다.

그런데도 이렇게 모질게 대할 수 있다고?

아무리 생각해도 상황이 이상했다.

자청은 상자를 내려놓고 정희의 완맥을 잡았다.

순간 자청의 눈이 커졌다.

맥박이 너무 희미해서였다. 자청은 재빨리 고개를 돌렸다.

"주군, 상태가 이상……."

자청은 말을 맺지 못했다. 정희의 손이 자청의 가슴팍으로 들어왔기 때문이다.

가슴팍에서 손을 뺀 정희는 데굴데굴 굴러 자청에게서 멀어졌다.

자청은 시큰둥한 표정으로 정희를 바라봤다.

"지금 뭐 하는 거죠?"

"해냈어요."

"뭘 해냈다는 말이죠?"

"드디어 계약서를 손에 넣었어요. 드디어."

정희가 계약서를 번쩍 들자 자청은 그제야 품속을 확인했다.

정희가 들고 있는 계약서는 바로 훈련의 도구로 사용되었던 것이 맞았다.

정희의 표정은 며칠 전과는 전혀 달라져 있었다.

그녀는 흥분한 표정으로 계약서를 확인했다.

"이런 계약서에 내가 서명했다고? 이 계약서는 무효다."

"본인이 서명한 것을 무효라고 하다니?"

"아니, 이제 무효가 될 거야."

말을 마친 정희는 계약서를 박박 찢었다.

순간 바람이 찢어진 종이를 싣고 저 멀리 날아갔다.

그때였다.

한빈이 씩 웃으며 품에서 계약서 한 장을 꺼냈다.

순간 정희가 고개를 갸웃했다.

"그, 그게 뭐지?"

"정 교관이 찢은 계약서는 사본, 이게 진본이지."

"……."

정희는 아무 말 없이 입을 딱 벌렸다.

멍하니 있던 그녀는 그 자리에 쓰러졌다.

그 모습을 본 한빈이 작게 외쳤다.

"거봐, 하면 되잖아!"

만족스러운 듯 정희를 바라보는 한빈의 옆에는 넋이 나간 악비광이 있었다.

악비광은 이 훈련의 의미를 알 것 같았다.

처음에는 경공을 시험하는 듯했지만, 한빈의 말대로 진짜 시험하고자 하는 것은 무공 따위가 아니었다.

바로 살겠다는 의지.

그런 의지에서 나온 저런 수법은 정파인이 생각 못 할 수밖에 없었다.

그때 한빈이 악비광의 어깨를 감쌌다.

"아우도 교관 한번 해 보지 않을 텐가?"

"전 싫습니다. 가문의 일이 바빠서 말입니다."

악비광이 고개를 흔들었다.

그 속도가 바람에 펄럭이는 깃발보다도 더 빨랐다.

그렇게 첫 번째 훈련이 배 위에서 마무리되자, 한빈이 손가락을 튕겼다.

딱!

그 소리에 초아를 비롯한 선원들이 배 위에 상을 차렸다.

그리고 쓰러진 정희를 앉혔다.

정희와 한 약속을 지키기 위해서였다.

깨어난 정희가 겨우 식사를 마쳤을 때였다.

멀리서 나룻배 하나가 급하게 다가왔다.

나룻배에는 단 두 명이 타고 있었다. 그 둘을 본 한빈은 눈을 가늘게 떴다.

돌발 상황

둘은 어딘가 눈에 익었다.

그들은 모두 가면을 목에 걸고 있었다. 그들이 목에 걸고 있는 것은 원숭이 가면이었다.

두 사람의 정체는 바로 혈후의 수하들이었다.

한빈은 자신도 모르게 월아를 잡았다.

노를 젓는 그들의 모습은 누가 봐도 다급해 보였다.

마치 먹이를 빼앗긴 투견이 달려오는 모습과도 비슷했다.

거기에 살기까지 피워 내고 있었다.

그 살기가 어찌나 강한지, 나룻배 위에 붉은 기운 스멀스멀 넘칠 정도였다.

"살기라?"

한빈이 눈을 가늘게 뜨자 초아가 다가왔다.

백경의 행동 대장인 초아는 잔뜩 긴장한 표정으로 나룻배를 확인했다.

나룻배를 확인한 초아는 고개를 끄덕였다.

한빈도 마주 고개를 끄덕였다.

한빈이 예상할 수 있는 것은 딱 하나의 단어였다.

"너도 그렇게 생각하느냐?"

"네, 아무리 생각해도 이상해요. 혈후는 주군과 동맹을 맺었다고 하지 않았나요?"

"그렇지. 그녀는 내 후견인이 되었으니까. 이제 내가 선주에 올랐으니 더는 후견인이 아니라고 봐야겠지만……."

한빈은 백독곡에서의 일을 떠올렸다.

백독곡의 백독전 앞에서 일어난 혈후와의 혈전이 어제처럼 생생했다.

그때 혈후가 백륜에 표시를 남기지 않았다면?

백을 물리치고도 한빈은 백경 전체에 쫓기는 신세가 되었을 것이다.

어쩌면 한빈이 백경의 일부를 흡수할 수 있었던 데에는 혈후의 공이 반이라고 봐도 되었다.

물론 혈후가 느끼는 감정에 대해서는 정확히 모른다.

백륜에 흔적을 남긴 것도 거래였을 뿐, 감정은 없었을 테니까.

감정이 있다면 호감보다는 증오에 가깝지 않을까?

한빈은 고개를 흔들었다.

생각해 보면 혈후에게는 그런 감정조차 없는 듯 보였다.

혈후란 인물은 자신 이외에는 그저 개미만도 못한 벌레로 보는 인간이 아니던가?

혈후는 발에 치이는 개미를 증오할 만큼 감정이 사치스러운 자가 절대 아니었다.

혈후를 생각하니 한빈은 헛웃음이 나왔다.

백경 중 유일하게 붉은색 무복을 입는 선주인 혈후는 어찌 보면 한빈과 닮은 구석이 많았다.

그때 초아가 나지막한 목소리로 물었다.

"준비할까요?"

"먼저 선수 치지는 말고, 준비만 하고 기다려."

"존명."

고개를 끄덕인 초아가 모두에게 신호를 보냈다.

그때까지도 백경의 무사들은 아무렇지 않게 음식을 즐기고 있었다.

분명히 한빈과 초아의 표정을 읽었을 텐데도 그들은 술잔을 들고 있었다.

이것이 바로 백경의 규칙이었다.

이 배의 선원이 되면 주군인 한빈의 말에 따라야 한다.

이 배 위에서만큼은 자기 생각을 드러낼 자는 아무도 없었다.

그들이 지금 술잔을 들고 있는 것은 한빈이 즐기라 명했기 때문이었다.

그렇기에 그 명령이 바뀌기 전까지는 음식을 즐기고 있어야 했다.

아마 다른 백경의 사정도 마찬가지일 것이다.

혈후의 수하들이 이리로 온다는 것은 명령을 받았다는 것이다.

과연 이유가 뭘까?

한빈이 고개를 갸웃하던 동안에 초아의 신호를 받은 수하들 모두가 검을 끌어당겼다.

스릉. 스릉.

아직도 술잔에 술이 남은 덕분인지 검명이 마치 악공의 연주처럼 들린다.

초아를 비롯한 백경의 무사들은 표정을 굳혔다.

거리가 좁혀지는데도 줄어들지 않는 살기 때문이었다.

초아와 그녀의 수하들은 상대가 누군지 알고 있었다.

백경의 선주 중에서 위험하다는 혈후의 수하들.

그들이 이렇게 긴장하는 것은 혈후의 수하들 때문이 아니었다.

그들이 여기로 왔다는 것은 혈후가 주변에 있다는 말도 되기 때문이었다.

다른 선주에게 가는데 수하들만 보내는 것은 개작두 아래에 목을 들이미는 것과도 같으니까.

백경의 선주는 하나의 목표를 가지고 있는 것 같으면서도 서로를 견제하고 있었다.

혈후가 백륜을 원하던 것도 자신의 동맹 하나를 더 늘이려는 속셈이 아니었던가?

한빈은 이미 그들 사이의 정치질을 눈치채고 있었다.

한빈은 조용히 난간 위로 올라갔다.

불어오는 바람과 일렁이는 물결.

한빈은 아무렇지 않게 난간 위에서 나룻배를 관찰했다.

한빈이 안(眼)의 구결을 사용하자, 순간 나룻배 위의 그들의 얼굴이 보였다.

노를 젓는 사내 둘 중 하나는 혈후가 아끼는 아성이었다.

거기에 그들의 소매에는 여기저기 피가 묻어 있었다.

아성이나 그 옆의 무사 모두 마찬가지였다.

순간 한빈은 눈을 크게 뜨며 손을 횡으로 뻗었다.

"모두 검을 거두어라!"

"존명."

초아가 검을 갈무리하자 뒤쪽에 있는 수하들도 모두 검을 검집에 넣었다.

한빈은 손가락을 튕겼다.

딱.

그 소리에 설화가 달려와서 우혈랑검을 내밀었다.

우혈랑검에는 천잠사가 묶여 있었다.

한빈은 우혈랑검을 던졌다.

'백발백중.'

물론 나룻배를 공격하기 위함이 아니었다.

조금이라도 상황을 빨리 파악하기 위해 취한 행동이었다.

팡!

우혈랑검은 물결 위로 제비처럼 날아갔다.

타다닥.

우혈랑검의 속도 덕분에 강물이 튀며 꼬리를 만들어 냈다.

날아가던 우혈랑검이 나룻배에 박혔다.

팍!

우혈랑검이 박히자 한빈은 재빨리 줄을 잡아당겼다.

파박.

그들도 한빈의 의도를 아는지 계속 노를 저었다.

덕분에 그들은 눈 깜짝할 사이에 한빈의 배에 도착할 수
있었다.

🐟

한빈은 멍하니 아성을 바라봤다.

바로 아성이 취한 태도 때문이었다.

"제발 우리 선주님을 살려 주게."

"지금 뭐라고 했나?"

"선주님을 살려 달라고 했네."

"잠시만…… . 지금 나보고 너희 선주를 살려 달라고?"

"그래, 제발 우리 선주를 살려 주게. 살려만 준다면 혈서라
도 쓰겠네."

말을 마친 아성은 자신의 새끼손가락을 들었다.

그 모습에 기겁한 한빈이 손을 흔들었다.

"잠깐, 어디서 배를 어지럽히려고. 괜히 배를 어지럽히려
고 하지 말고 천천히 말해 보게."

질문을 던진 한빈은 고개를 갸웃했다.

아성의 태도는 너무도 간곡했기 때문이다. 생각해 보면 백
독곡에서의 혈전 마지막까지 한빈과 적대하던 아성이었다.

그런데 지금은 이렇게 고개를 숙인다라?

거기에 혈후가 위험에 처해 있다고?

혈후는 누굴 죽이면 죽였지, 당할 여인이 아니었다.

아마도 한빈은 모르는 수많은 무림의 혈겁에 관련돼 있을
여인이었다.

그런데 혈후가 누군가에게 당했다고?

한빈은 더는 묻지 않았다.

그를 구해야 할지 말아야 할지 감이 서지 않아서였다.

임시로 백경의 선주가 되었지만, 백경에서 믿을 자는 아무

도 없었다.

이것이 바로 한빈의 생각이었다.

잠시 고민하던 한빈이 눈을 반짝였다.

"혈후가 위험할 정도로 상대가 강한가?"

"그러하네."

"내가 이길 수 있을 것 같나?"

"잘은 모르겠으나 내 생각에는 절대 그들을 못 이기네."

"그러면 왜 나를 찾아왔나?"

"그들을 물리칠 수는 없어도 유일하게 우리 선주를 구할 수 있는 분이라고 생각하네. 검이 아닌 계략으로 말이네."

아성은 고개를 들어 한빈을 바라봤다.

시선이 마주쳤는데도 조금도 피하지 않는 아성.

한빈은 그의 말이 진심이라는 것을 알고 있었다.

그런데 묘하게 기분이 나빴다.

검이 아닌 계략으로 혈후를 구해 달라?

이것은 힘이 아닌 잔머리 때문에 자신을 찾아왔다는 이야기였다.

한빈이 고개를 돌렸다.

그곳에는 멍한 눈으로 상황을 지켜보는 정희가 있었다.

모두의 시선이 정희에게 몰렸다.

"내가 어떻게 했으면 좋을까? 들어줘야 하나? 아니면 거절해야 할까? 정 교관."

갑작스러운 한빈의 물음에 정희는 고개를 갸웃했다.

음식 재료가 될 뻔했다는 생각이 아직 떠나지 않은 그녀였다.

그런데 갑자기 배 위로 고수 둘이 올라왔다.

그 고수 둘은 자신이 이제까지 겪어 보지 못한 까마득한 경지에 있는 듯 보였다.

물론 초아나 다른 백경의 무사들이 기세를 숨기고 있기에 정희가 착각한 것이었다.

하지만 지금 정희의 눈에는 방금 올라온 고수 둘이 가장 경지가 높아 보였다.

그런데 그 둘이 하북팽가의 사 공자에게 부탁한다고?

그런데 부탁을 들어줄지 말지를 자신에게 물어본다고?

정희는 정신이 아찔해졌다.

그때였다.

아성이 자리에서 일어나더니 정희의 앞에 섰다.

그녀의 앞에 선 아성은 한쪽 무릎을 꿇고 포권했다.

"부탁드리오, 소저. 아니 대협."

"저, 저는 대협이 아닙니다. 그리고 제게는 결정할 권한이 없어요."

정희는 재빨리 손사래를 쳤다.

아무래도 느낌이 이상했기 때문이었다.

이것은 의심이 아닌 본능이었다.

본래 정희는 이성을 근간으로 상대를 의심하는 버릇이 있었다.

하지만 한빈을 만나면서부터는 이성보다는 본능이 점점 커지고 있었다.

그런데 지금 그 본능이 이 일을 수락하면 안 된다고 하고 있었다.

정희는 재빨리 고개를 저었다.

"안 돼요. 뭔가 위험할 것 같아요. 그리고 저는 당신들을 모릅니다."

"……"

아성은 멍하니 정희를 바라보며 주먹을 불끈 쥐었다.

그 기세가 얼마나 험악한지 정희의 소맷자락이 떨릴 정도였다.

정희는 재빨리 뒤로 물러났다.

그때 한빈이 손뼉을 쳤다.

짝짝!

그 소리에 모두가 한빈에게 시선을 돌렸다.

"우리 정 교관이 자네들을 도와주라네. 그래서 나는 결정했어. 혈후를 구하러 가기로."

한빈의 말에 모두가 서로를 바라봤다.

분명히 한빈은 정희에게 의향을 물었다.

그 질문에 정희는 안 된다고 했고 말이다. 그런데 혈후를 구하러 간다니?

모두가 경악한 표정을 감추지 못하자 한빈이 다시 말을 이었다.

"설화야, 한 가지만 묻자."

"뭔데요? 공자님."

"너는 정 교관을 믿느냐?"

"아니요. 처음 봤는데 어떻게 믿어요. 사람이라는 건 오랫동안 겪어 봐야 안다고 공자님이 그러셨잖아요."

설화가 어깨를 활짝 펴고 답하자, 한빈은 초아를 바라봤다.

"우리 조장의 생각은?"

"저도 못 믿어요."

초아가 단호하게 말하자 한빈은 작게 웃었다.

"그렇지. 내가 믿지도 못하는 사람의 말을 듣는 건 조금 우스운 일이지."

한빈의 말에 정희가 다급하게 외쳤다.

"그럼 왜 제게 물은 거죠?"

이제는 말투가 공손해진 정희였다. 하지만 정작 그녀는 자신의 변화를 눈치채지 못하고 있었다.

그 모습에 한빈이 웃는 얼굴로 답했다.

"반대로 결정하려고 물었지."

"대체……."

정희가 말을 잇지 못할 때 한빈이 초아에게 외쳤다.

"출발!"

"존명!"

초아가 재빨리 배 앞으로 달려가 조타를 잡았다.

아성은 당연하다는 듯 초아의 옆에 섰다.

방향을 알려 주기 위해서였다.

돛을 팽팽히 당기자 하얀 배가 흰고래처럼 힘차게 물살을 갈랐다.

조용히 배 주위로 날리는 거품을 감상하고 있는 한빈의 옆에 설화가 다가왔다.

"공자님."

"왜 그러지? 눈빛을 보니 물을 게 있는 것 같은데."

"와, 공자님은 귀신같아요. 어떻게 아셨어요?"

"길게 늘어뜨리지 말고 그냥 말해 봐."

"아까 이미 결정하셨죠?"

"결정이라고?"

"네, 아성 공자를 돕기로 한 결정이요."

"흠, 그야 그렇지."

"그 이유를 여쭤봐도 될까요?"

"사실은……. 비밀이야."

"앗! 역시……."

설화가 그럴 줄 알았다는 듯 서책을 꺼내 적기 시작했다.

서책에는 비밀이라는 단어가 꽤 많았다.

설화는 계속해서 한빈의 어록을 정리하는 중이었다.

그 모습을 보던 한빈은 피식 웃었다.

혈후를 구하러 가는 이유는 딱 하나였다.

바로 천외천급 초식을 완성하기 위해서였다.

강한 자에게 뒤통수를 맞지 않기 위해서라면 강한 자와 싸워야 한다.

이것은 한빈의 생각이었다.

혈후를 제압할 강자라면 분명히 천외천급 구결을 지니고 있을 터.

한빈에게 필요한 것은 바로 그 구결이었다.

한빈은 조용히 허공을 올려다봤다.

[천외천급 : 일(一), 백(百), 계(戒), 오(五).]

구결이 네 개가 되었는데도 아직 천외천급 초식을 완성 못한 상황.

왠지 주판알이 하나가 빠진 느낌이 들었다.

사실 이 기분은 정확했다. 한 알이 빠진 주판으로는 셈을 하기 어려운 법이었다.

구결을 획득했으나 초식으로 만들지 못하면 마찬가지로 무용지물이었다.

그때였다.

아성이 한빈을 향해 포권했다.

"고맙소. 고맙소. 우리가 강호인의 도움을 받을 줄을 몰랐소."

"천만의 말씀입니다. 고마운 것은 오히려 제 쪽입니다."

한빈이 빙긋 웃자 아성이 복잡한 눈빛으로 한빈을 바라봤다.

"그게 무슨 말씀입니까?"

한빈은 아무렇지 않게 어깨를 으쓱했다.

그 모습에 아성의 표정이 구겨졌다.

"설마……."

"걱정하지 마십시오. 제가 의리는 지키는 놈입니다. 안내만 잘해 주십시오."

말을 마친 한빈은 고개를 돌리고 일행을 바라봤다.

잠시 일행을 훑어보던 한빈이 말했다.

"심 부대주, 곡괭이 들고 이리 와."

"네, 주군."

심미호가 신이 난 표정으로 달려왔다.

곡괭이를 어깨에 걸친 모습은 누가 봐도 악당 같은 모습이었다.

물론 아성의 눈에도 그렇게 보였다.

아성은 한빈과 심미호 그리고 나머지 일행들을 번갈아 바라봤다.

선주인 혈후가 보내서 오긴 했지만, 정작 아성은 한빈에 대한 믿음이 없었다.

그때 아성의 눈이 불만 가득한 표정을 짓고 있는 여인에게 멈췄다.

그 여인은 물론 정희였다.

정희는 지금 무슨 일이 일어나는지 도저히 알 수 없었다.

젊은 고수가 와서는 하북팽가의 사 공자에게 부탁하는 모습도 이상했는데, 나머지 사람들의 태도도 묘했다.

마치 큰 전투를 앞둔 병사들처럼 비장한 표정을 하고 있었다.

그들이 두려워하는 것은 과연 무엇일까?

정희는 지금 호기심 반 두려움 반의 감정으로 상황을 살피고 있었다.

그때 귀에 익은 목소리가 정희의 귓전에 꽂혔다.

"정 교관, 이리로 와."

"네?"

정희가 고개를 갸웃하자 한빈이 손을 까닥였다.

"멀뚱히 서 있지 말고 빨리 와. 여기 손님 기다리시잖아."

"손님이라니요?"

"정 교관 옆에 있는 분 말이야. 그리고 저 옆에 있는 보따리도 들고 와."

한빈이 정희의 옆에 있는 보따리를 가리켰다.

정희는 자신도 모르게 보따리를 들었다.

보따리를 든 정희가 한빈의 앞에 섰다.

"풀어."

한빈이 보따리를 가리켰다.

정희는 일단 한빈의 말대로 보따리를 풀었다.

보따리 안에는 지필묵이 가지런히 놓여 있었다.

정희가 보따리를 풀자 한빈은 재빨리 붓을 들었다.

그러고는 일필휘지로 내용을 적어 나가기 시작했다.

사사 삭.

마치 독수리가 먹이를 낚아채듯 한빈의 붓은 순식간에 공간을 메꿨다.

내용을 다 적은 한빈은 조용히 종이 두 장을 정희에게 넘겼다.

"이게 뭔가요?"

"여기에 서명받아 와, 정 교관."

"자, 잠시만요. 서명을 받아 오라고요?"

정희가 계약서 내용을 다시 한번 확인했다.

이것은 정파에서는 찾아볼 수 없는 불공정 계약서였다.

정희가 머뭇거릴 때 뒤쪽에 있던 아성이 달려왔다.

그는 아무것도 묻지 않고 계약서에 서명했다.

순간 정희가 말했다.

"지금 여기에 서명하면……."

"안 하면 저희는 희망이 없습니다."

아성이 고개를 젓자, 정희가 의심 가득한 눈으로 한빈을 바라봤다.

그 시선에 한빈이 고개를 끄덕였다.

"앞으로 우리가 해야 할 일은 목숨을 내놔야 할 임무거든. 정 교관도 푼돈에 목숨 걸 사람은 아니잖아. 안 그래?"

"목숨을 건다고요?"

"솔직하게 말해 줄게. 무림삼존이 온다고 해도 장담 못 할 임무야. 그리고 정 교관도 이 정도는 받아야 하지 않겠어?"

한빈이 계약서를 툭툭 쳤다.

사실 한빈은 거짓을 말했다.

무림삼존이 온다고 해도 불가능한 임무라고 해야 맞았다.

멍하니 있던 정희의 귀에 거슬리는 단어 하나가 있었다.

"혹시 저도 가는 겁니까?"

"당연하지. 이곳도 훈련 일부야. 교관 훈련."

"대체……."

"가기 싫으면 여기 있어도 돼. 아마도 적은 이 배부터 공격할걸."

"여길 공격한다고요?"

"여기 아성 공자가 흔적을 풀풀 풍기고 왔으니까."

"그, 그게 무슨 말씀이죠?"

"천리추종향."

"추종향이라니요? 어디서 냄새가 난다고 그러나요?"

정희의 질문에 다른 이들도 고개를 끄덕였다.

누구도 이상한 향을 감지 못 한 것이다.

모두의 표정을 본 아성이 눈을 가늘게 떴다.

"지금 생사람을 잡는 것이오? 나는 흔적 따위를 남길 사람이 아니오. 그리고 이곳은 강물 위가 아니오. 여기에 흔적 따위가 남을 확률은 조금도 없소."

"정말 그렇게 생각하나?"

한빈의 말투가 달라졌다.

주변을 바라보던 한빈이 조용히 손가락을 튕겼다.

그때 설화가 어디선가 보따리를 가져오더니 펼쳤다.

설화가 가져온 보따리 안에는 지필묵 대신 조그만 호리병이 여러 개 들어 있었다.

한빈은 그중 하나를 들었다.

그러고는 호리병에 든 물을 자신의 손바닥 위에 뿌렸다.

그와 동시에 손바닥 위의 물을 아성에게 뿌렸다.

순간 모두의 눈이 커졌다.

아성의 몸이 야명주처럼 빛을 내기 시작한 것이다.

어찌 보면 수백 마리의 반딧불이 아성의 몸에 붙어 있는 것만 같았다.

모두가 눈을 크게 뜨고 있을 때 한빈이 말을 이었다.

"추종향뿐 아니라 추종분도 묻히고 오셨군. 그것도 운남의 희귀한 벌레를 갈아 만든 비싼 가루로. 솔직히 추종향도 사람이 맡을 수 없는 희귀한 향이란 말이지."

"그, 그게 무슨 말이오? 사람이 맡을 수 없다고 해 놓고 당신은 어떻게 알아챘다는 말이오?"

"내 코가 중원 최고라고 해도 나는 이 향을 맡을 수 없어. 이 향은 특수한 훈련이 된 자들만 맡을 수 있거든. 내가 왜 추종향이라고 확신한 줄 아나?"

"……."

아성은 답하지 않았다. 아니 정확히는 답할 수가 없었다.

한빈이 무슨 얘기를 하는지 도저히 알 수 없었다.

"내가 그리 예측한 것은 당신들을 찾아온 추격자들 때문이지."

"추격자라니, 그게 무슨 말이오?"

"진짜로 눈치 못 챘던가? 아니면 끝까지 모른 척하는 건가?"

한빈이 빙긋 미소 지었다.

그 미소를 본 아성은 모르겠다는 듯 고개를 휘휘 내저었다.

그때였다.

한빈이 보따리에 들어 있는 호리병 하나를 다시 들었다.

"이건 아까운데. 쩝."

한빈이 입맛을 다시자, 청화가 다가왔다.

"나중에 제가 구해 드릴 테니 편히 쓰세요, 공자님."

"진짜 약속해야 해."

"네. 약속드릴게요, 공자님."

청화의 말이 끝나자 한빈은 그 호리병을 들고 갑판의 뒤쪽으로 갔다.

그러더니 그 호리병에 들어 있는 검은 물을 강물에 버렸다.

그 모습에 모두는 입을 딱 벌렸다.

조금 전까지만 해도 아깝다느니 뭐니 하면서 망설였던 모습과는 정반대의 행동이기 때문이었다.

한빈은 그럴 줄 알았다는 듯 몸을 돌려 모두를 바라봤다.

"사천당가에서도 유명하다는 흑사독을 강물에 풀면 어떻게 될까?"

"그야, 다 흩어지겠죠."

답한 이는 심미호였다.

그 말에 한빈이 빙긋 웃으며 말을 이었다.

"당연히 물고기 몇 마리만 황천길로 보낸 뒤 흩어지겠지. 강물에 소금을 넣는다고 물이 짜게 변하는 건 아니니까. 하지만 말이야……."

한빈은 강물을 가리켰다.

모두는 한빈이 가리킨 곳을 바라봤다.

순간 모두의 눈이 커졌다. 한빈이 가리킨 곳이 조금 이상했기 때문이었다.

왠지 그곳만 혼탁하게 보였다.

모두의 표정을 본 한빈이 말을 이었다.

"이건 사실 흑사독에 일정량의 흑유를 혼합한 독이거든."

한마디로 이독은 유독(油毒)이었다.

유독은 기름과 물을 혼합한 독 혹은 독이 있는 식물에서 뽑아낸 기름으로 만든 독을 말한다.

그때 청화가 손뼉을 쳤다.

"아, 그래서 물에 떠 있는 거군요. 그런데 유독은 왜 강에 버리신 거예요? 공자님."

"어떻게 하나 보려고."

"누굴 말하는 거예요?"

"아성 공자가 달고 온 적 말이야."

한빈이 다시 아래를 가리켰다.

그때였다.

강물 속에서 갑자기 기포가 솟아오르기 시작했다.

보글보글.

곧 그 강물 위로 뭔가가 솟구쳤다.

어찌나 빠른지 남해의 고래가 수면으로 솟구치는 모습 같았다.

하지만 그것은 돌고래가 아니었다.

청색 무복의 무사였다.

처음에 솟구친 것은 하나였지만, 그게 끝이 아니었다.

팡! 팡!

물대포 소리와 함께 강물 아래에서 수십 개의 그림자가 허공으로 날아올랐다.

순간 아성이 신음을 흘렸다.

"음, 사실이었군. 내가 적을 몰고 왔다니……."

"사람이 그런 실수를 할 수도 있는 거지. 이 적에 대한 건은 별도의 계약으로 진행하자고."

한빈이 아성의 어깨를 툭툭 치자 아성이 고개를 끄덕였다.

"면목 없소."

"그렇게 넋 놓고 있을 때가 아니지. 준비해."

한빈이 월아를 내려놓았다.

탁!

그 모습에 청화가 물었다.

"왜 그러세요? 공자님."

"아무래도 검으로는 놈들을 상대할 수 없을 것 같아서."

한빈의 말대로였다.

허공으로 솟구친 청색 무복의 고수들은 하늘에서 한참을 멈춰 있었다.

자세히 보니 그들은 마치 물고기 지느러미처럼 생긴 날개를 펼치고 있었다.

아마도 저 특수 복장 때문에 강물 속에서 허공으로 솟구쳐 오를 수도 있는 것 같았다.

하지만 그들은 배로 내려올 생각을 하지 않고 있었다.

그들은 허공에서 먹잇감을 정찰하는 듯 보였다.

마치 매처럼 말이다.

한빈은 그들을 보며 입맛을 다셨다.

"쩝. 아쉽군."

"왜 그러세요?"

청화가 묻자 한빈이 답했다.

"아무리 봐도 영양가 없는 놈들밖에 없어서."

그때였다.

놀란 아성이 검을 뽑아 들었다.

스릉.

아성은 위쪽을 보며 검을 겨누었다.

그러고는 힐끔 한빈을 바라봤다.

"저자들을 돌려보내면 아니 되오. 우리 선주가 위험하오."

"그런데 안 내려오는 걸 어떻게 해?"

"어떻게든 해 보시오."

말을 마친 아성이 검기를 피워 내더니 공중을 향해 자신의 검을 던졌다.

휭!

파공성을 내며 날아가는 아성의 검.

안타깝게도 아성의 검은 그들의 근처에도 가지 못했다.

사실 새가 아닌 이상 바닥으로 내려와야 하는 것은 자연의 섭리였다.

문제는 바람이 그들의 편이라는 점이다.

강물을 타고 위쪽으로 흐르는 상승기류 덕분에 그들은 허공에 머물 수 있었다.

아성은 한빈을 다시 바라봤다.

한빈에게 바람의 방향까지 바꾸라고 할 수는 없었다.

어찌 보면 지금의 상황에서는 신선이 와도 저들을 잡을 수 없었다.

아성이 이를 악물고 있을 때였다.

순간 날개옷을 입은 청색 무복의 무사들이 품에서 기다란 통 하나씩을 꺼냈다.

그 모습에 아성이 외쳤다.

"저들이 잔꾀를 부리려나 보오!"

"잔꾀가 아니라 저거 벽력탄이네."

한빈이 아무렇지 않게 적들을 가리키자 아성이 외쳤다.

"헉. 피하시오, 공자!"

"흠. 아무래도 바닥으로 내려오기 전에 승부를 보려는 것 같네. 나도 그럼……."

알 수 없는 혼잣말을 한 한빈은 보따리 위에서 뭔가를 들었다.

그것은 뭉실뭉실한 솜뭉치였다.

한빈은 솜뭉치를 잘게 나누었다.

그러고는 화섭자로 솜뭉치에 불을 붙였다.

순간 한빈의 손 위에서 솜뭉치가 활활 타올랐다.

한빈은 그 솜뭉치를 힘차게 던졌다.

'백발백중.'

솜뭉치는 불씨가 되어서 상승기류를 타고 하늘로 올라갔다.

천천히 올라가는 불씨들은 한눈에 봐도 장관이었다.

불씨들은 살아 있는 듯 보였다.

마치 올챙이처럼 천천히 허공에서 유영했다.

아성은 조용히 한빈을 바라봤다.

도대체 이게 무슨 의미인지 그는 알 수 없었다.

"지금은 절체절명의 순간이오. 그런데 불꽃놀이라니, 이게 무슨 짓이오? 저 벽력탄 중 하나라도 이 배에 떨어진다면 우리는 죽은 목숨이오."

한빈이 고개를 갸웃하며 아성을 바라봤다.

"지금 몰라서 묻는 건 아니지?"

"모르오."

아성이 고개를 젓자, 한빈은 선심 쓴다는 표정으로 말을 이었다.

"아까 내가 강물 위에 풀어놓은 것이 뭐라고 했지?"

"유독이라고 하지 않았소?"

"그래, 유독을 강물 위에 풀어놓은 것은 그들이 밖으로 나오게 하기 위함이었지. 강물의 독이 갈대에 스며들게 되면 그들이라고 언제까지 강 속에 몸을 숨기고 있을 수 없으니 말이야."

"차라리 모른 척 그들을 끌고 가는 것이 좋은 생각 아니었소?"

"이왕 적을 발견했으면 빨리 끝을 봐야지."

"그래서 지금 이 지경이 되지 않았소?"

"과연 우리가 불리할까? 잘 생각해 봐, 그들의 몸에 붙어 있는 것이 무엇인지……."

한빈이 날개옷을 입은 적을 가리켰다.

순간 아성의 눈이 커졌다.

"그러고 보니 저것은 당신이 말한 유독?"

"그래, 기름이지. 불씨와 기름이 만나면 과연 어떻게 될까?"

한빈이 하늘 위를 가리켰다.

불씨는 점점 하늘을 덮었다.

적당히 불어오는 바람 때문인지 솜뭉치에 붙은 불은 꺼질 줄 몰랐다.

그때였다.

날개옷을 입은 청색 무복의 적 중 하나가 비명을 질렀다.

"아악!"

비명을 지른 적의 발끝에 불붙은 솜뭉치가 붙은 것이다.

그는 다른 발로 솜뭉치를 털어 내려 했지만, 그것이 실수였다.

솜뭉치의 불꽃은 이내 다른 발로 옮겨붙었다.

양쪽 발에 붙은 불은 순식간에 그의 상체로 옮겨 왔다.

마치 거대한 구렁이가 온몸을 휘감듯 불꽃은 그의 몸을 덮었다.

상체까지 오자 그는 재빨리 날개옷을 접었다.

다시 물로 내려가기 위함이었다.

하지만 이미 늦었다.

운이 없게도 손에 쥐고 있던 벽력탄에 불이 옮겨붙은 것.

꾸아앙!

하늘에서 적이 그대로 터졌다.

그게 시작이었다.

날개옷을 입은 적들은 불이 붙은 솜뭉치를 피해 가지 못했다.

꽝!

적들은 벽력탄을 아무 곳에나 던지기 시작했다.

덕분에 주변은 굉음으로 가득했다.

쾅. 쾅. 쾅!

귀청이 떨어질 듯한 굉음에 모두는 귀를 막았다.

그들은 알아서 자멸하고 있었다.

하지만 벽력탄을 버렸다고 해서 해결될 상황이 아니었다.

그들의 몸에는 이미 유독이 묻어 있었다.

적들은 미친 듯이 몸을 흔들어 대며 불붙은 솜뭉치를 피했다.

하지만 솜뭉치는 마치 자철석이라도 되는 듯 그들에게 달라붙었다.

하늘 위에서 벌어진 광경을 본 아성은 자신도 모르게 입을 벌렸다.

비록 적이지만 안타깝다는 마음이 들었다.

그의 마음은 진심이었다.

그도 그럴 것이, 아성에게도 저런 경험이 있었다.

백독곡의 백독전에서 하북팽가의 사 공자와 일전을 벌이면서 비슷한 경험을 했었다.

당시에 백독전은 한빈의 말 한마디면 불바다가 될 상황이었다.

그 한복판에 갇혀 있던 게 아성이었다. 그때 혈후가 아니었다면 아성은 통구이가 되었을 것이 분명했다.

아성은 자신도 모르게 어깨를 살짝 떨었다.

그때 한빈이 말을 이었다.

"사천당가의 유독이 왜 비싼지 아나?"

"……."

아성은 입술을 꾹 닫은 채 한빈을 바라봤다.

시선이 마주치자 한빈이 말을 이었다.

"바로 농도 때문이지. 저 유독 한 방울이면 이 배를 덮고도

남는다네. 내가 저 호리병에 있는 독을 다 부었으니 아마
도…….”

한빈은 말 대신 손으로 강을 가리켰다.

이 부근 전체를 다 덮고도 남는다는 뜻이었다.

그때 적 중 하나가 날개를 재빨리 접고 강물 속으로 뛰어
들었다.

타오르는 불을 끄기에는 강물 속으로 다시 들어가는 방법
밖에는 없다고 생각한 것이다.

첨벙.

순간 강물 위에 떠 있던 기름에 불이 붙었다.

갑판 위에 있던 한빈의 얼굴이 뜨뜻해질 정도로 주변은 활
활 타올랐다.

그 순간에도 적들은 계속 강물 속으로 뛰어들었다.

이제 하늘 위에는 적이 하나도 남아 있지 않았다.

살아남은 적은 모두 강물 속으로 들어갔으니 말이다.

한빈은 쭈그리고 앉아서 조용히 말을 이었다.

“물고기도 아니고 강 속에서 숨을 쉴 방법은 없지. 그냥 참
고 있을 뿐이야. 자네 같으면 얼마나 참을 수 있겠는가? 일
각? 아니면 반 시진?”

“이게 당신의 계략이었소?”

아성이 떨리는 목소리로 묻자 한빈이 어깨를 으쓱했다.

“계략은 아니고 계획의 첫 단추.”

"그게 무슨 말이오?"

아성의 물음에 한빈은 고개를 돌렸다.

고개를 돌린 한빈은 손가락을 튕겼다.

그 소리에 옆에 있던 정희가 움찔하자, 한빈이 손을 저었다.

"정 교관 말고."

"아, 알겠습니다."

정희가 놀란 표정으로 주춤주춤 물러났다.

사실 정희는 지금 넋이 나가 있는 상태였다.

아무리 주워들은 것이 많아도, 사람이 눈앞에서 죽어 가는 장면은 처음이었다.

상대를 죽이지 않으면 자신이 죽어야 하는 상황도 처음이었다.

모든 것이 처음인 정희에게 지금의 상황은 두렵기만 했다.

지금 이 순간만큼은 의심이란 감정이 사라졌다.

그저 빨리 지나가길 바랄 뿐이었다.

거기에 더해 지금 자신을 지켜 줄 이는 한빈밖에 없다는 것이 정희의 생각이었다.

이쯤 되니 한빈을 조심스럽게 대할 수밖에 없었다.

그때 심미호가 조용히 다가왔다.

심미호뿐이 아니었다.

설화와 청화 그리고 초아도 한빈의 곁으로 다가왔다.

악비광은 설화의 손에 이끌려 따라온 상황.

한빈은 강물을 가리켰다.

"이제 낚시 한번 할까?"

"낚시라니요?"

악비광이 고개를 갸웃하자 한빈이 말했다.

"그러고 보니 악 아우가 제일 유리하겠네."

"제가 유리하다고요?"

"팔도 길고 낚싯대도 길잖아."

한빈이 악비광의 창을 가리키자, 심미호가 그들에게 줄을 나눠 주기 시작했다.

심미호가 나눠 준 줄은 천잠사였다.

한 시진 후.

청색 무복의 무사들이 백경의 갑판 위에 널브러져 있었다.

그들은 하나같이 호흡이 미약했다.

그도 그럴 것이 물속에서 최대한으로 참다가 천잠사에 끌려 나온 것이었다.

갑판 위에 잡혀 온 적들은 여섯 명.

그들은 천잠사에 사지가 속박당한 채 눈만 끔뻑이고 있었다.

그때 정희가 조심스럽게 말했다.

"다 죽어 가는데 저렇게까지 할 필요가 있을까요?"

"원래 호랑이는 토끼를 사냥할 때도 최선을 다하는 법이지. 내가 틈을 보이면 적은 그걸 눈치채고 목을 물어뜯으려 달려드는 게 강호야. 그러니 그런 인자함은 곱게 접어서 넣어 둬."

"그런데 토끼가 어떻게 호랑이를 무나요?"

"아직 무서운 토끼를 안 만나 봤군."

말을 마친 한빈이 초아를 바라봤다.

한빈의 눈짓에 초아가 가면을 썼다.

그들이 원래 썼던 토끼 가면이었다.

토끼 가면 너머로는 반짝이는 눈만이 보일 뿐이었다.

그 눈을 본 정희는 살짝 어깨를 떨었다.

호랑이의 목을 무는 토끼라는 말이 이해가 갔기 때문이다.

초아뿐이 아니었다.

그녀의 오른팔인 자청을 비롯한 나머지 수하들도 일제히 가면을 썼다.

갑자기 갑판 위의 분위기가 무거워졌다.

그때 한빈이 말했다.

"남는 가면 있으면 몇 개만 줘."

"여기 있어요, 주군."

초아가 가면 몇 개를 내밀자 한빈이 받았다.

가면을 확인한 한빈이 정희에게 하나 내밀었다.

"하나 써."

"이걸 왜…….."

"혹시 너 때문에 사문이 멸문해도 괜찮겠나?"

"멸문이라니요? 말이 너무 심하신 거 아닌가요?"

"지금 내게 도움을 청한 사람은 중소 문파 하나 정도는 하루아침에 날릴 힘이 있는 고수지. 그런 고수가 제압당한 상황이야."

"그래도 그게 소묘파와 무슨 상관이에요?"

"만약 적이 도망치며 앙심을 품었다고 생각해 봐. 그럼 과연 어떻게 될까? 그리고 어느 날 정 교관의 사문을 찾아 복수하는 거지."

"쓸게요. 쓰면 되잖아요."

정희가 재빨리 가면을 쓰자 한빈이 피식 웃었다.

"그래, 원래 강호에서는 정체불명의 적과 마주치면 이름표는 떼고 싸워야 하는 법이야. 내 이름을 알려 주는 순간 한 수를 양보하고 들어가는 것과 똑같지."

순간 정희는 당황했다.

자신이 알고 있는 강호의 예와는 전혀 달랐기 때문이다.

생사결을 나누더라도 상대와 통성명을 하는 것이 강호의 예법이었다.

잠시 한빈을 바라보던 정희가 물었다.

"그러면 당신은요?"

"나는 뭐……."

말끝을 흐린 한빈은 나머지 사람들에게 가면을 나눠 줬다.

악비광도 예외는 아니었다.

그런 후 한빈은 갑판 위에 피워 놓은 화로로 다가갔다.

한빈은 화로를 맨손으로 뒤척이다가 꺼냈다.

손에는 재가 잔뜩 묻어 있었다.

한빈은 그 재를 묻힌 손으로 아무렇지 않게 얼굴을 문질렀다.

그러고는 뒤쪽의 머리를 풀었다.

마치 꿈속에서나 나올 법한 귀신 같은 모습이 되었다.

정희가 자신도 모르게 외쳤다.

"귀, 귀신……!"

"귀신같이 보이면 성공이군."

한빈이 고개를 끄덕였다. 전생엔 이런 위장에 익숙했었다.

귀검대라는 이름 자체가 이런 위장 때문에 생겨난 이름이니 말이다.

귀신 같은 복장에 신출귀몰한 움직임.

그것이 귀검대라는 조직을 만들어 주었다.

이번에는 귀검대의 분위기가 필요할 때였다.

그때 설화가 걱정스러운 눈빛으로 한빈의 소매를 잡았다.

"그거 피부에 안 좋으실 텐데……."

"괜찮아."

한빈이 씩 웃었다.

그런데 그 웃음마저도 묘하게 귀기가 느껴졌다.

한빈은 조용히 널브러진 적들에게 다가갔다.

그들을 살피던 한빈은 첫 번째 적에게 다가갔다.

잠시 상대의 눈을 바라보던 한빈이 입을 열었다.

"안내해 줄 수 있겠나?"

"나는 모른……."

그는 말을 맺지 못했다.

한빈이 한 손으로 천잠사에 꽁꽁 묶인 그를 들었기 때문이다.

한빈이 멱살을 잡아 허공으로 들어 올리자 당황한 적이 말했다.

"어, 어딜 안내해 달라는……."

역시 그는 말을 맺지 못했다.

한빈이 배 밖으로 던졌기 때문이었다.

순간 정희는 눈을 크게 떴다.

그녀의 시선에도 아랑곳하지 않고 한빈이 그다음 적에게 다가갔다.

"안내해 줄 수 있겠나?"

"내, 내가 안내하겠다."

"내가 어디로 가는지 알고?"

"그, 그건……."

한빈이 다시 적을 들어 올렸다. 역시나 가차 없이 배 밖으로 던져 버렸다.

정희는 입을 열려다가 고개를 흔들었다.

누가 봐도 황당한 상황이었다.

고문을 해서 상대에게 정보를 얻어 내야 할 텐데 그들을 저렇게 없애다니!

문제는 그 손 속에 망설임이 없다는 점이었다.

마치 이런 경험이 뼛속까지 쌓여 있는 것만 같았다.

더 이상한 것은 정희를 제외한 다른 이들은 한빈의 행동에 당연하다는 눈빛을 하고 있다는 점이었다.

아무리 생각해도 이건 정상적인 집단이 아니었다.

그때였다.

손금

마지막 포로의 앞에 선 한빈은 가차 없이 손을 내밀었다.

누가 봐도 숨통을 끊으려는 모습.

하지만 끊어진 것은 숨통이 아니라 그를 구속하고 있던 천잠사였다.

천잠사를 끊은 한빈은 나지막이 말했다.

"안내해."

"아, 알겠소."

청색 무복의 무사는 조용히 배의 앞으로 걸어갔다.

그는 한빈의 시선을 의식했는지 재빨리 조타를 잡았다.

그 모습에 아성이 물었다.

"저자가 선원이라는 것을 어떻게 알았소?"

아성은 조타를 잡은 청색 무복의 사내와 한빈을 번갈아 봤다.

한빈이 한 말이 궁금했기 때문이다.

대체 무엇을 보고 그가 배를 몰았다는 것을 안 것일까?

그의 질문에 한빈은 잠시 먼 하늘을 바라보다가 말을 이었다.

"손바닥!"

짧은 대답에 아성이 고개를 갸웃했다.

"그게 무슨 말이오?"

"무인에게서 보이는 흔한 굳은살과 어부에게 보이는 흔치 않은 상처를 동시에 가지고 있었으니까?"

한빈의 말에 아성은 그자의 손바닥을 떠올려 봤다.

아성도 백경의 일원이었다. 상대를 관찰하는 기본적인 자질은 가지고 있었다.

그자의 손바닥을 떠올린 아성은 고개를 끄덕였다.

조타를 잡은 포로의 손바닥은 한빈의 말대로 평범한 무인과는 달랐다.

밧줄을 잡은 흔적 그리고 그 상처가 소금물에 반복해서 담긴 듯 피부가 제법 거칠었다.

사실 아성의 손도 마찬가지였다.

백경의 일원이 되기 위해서는 뱃일을 할 수 있어야 했다.

덕분에 아성의 손은 청색 무복을 입은 사내와 비슷했다.

잠시 상념에 잠겨 있던 아성이 다시 한빈을 바라봤다.

"그럼 팽 공자도 바다에 나간 경험이 있으시오?"

"그건 직접 판단해 보게."

한빈이 손바닥을 보였다.

순간 아성은 고개를 갸웃했다.

한빈의 손바닥은 무인의 손이 아니었다.

그렇다고 어부의 손도, 농부의 손도 아니었다.

굳은살 대신에 수많은 상처가 또렷하게 남아 있었다.

아성은 문득 눈을 가늘게 떴다.

백경의 선주 중 저런 손을 가진 자는 없었다.

그 이유는 간단했다.

백경의 선주라면 환골탈태 한두 번 정도는 겪으니까!

그런데 한빈의 손은 상처들로 가득했다.

이 점이 가장 이상한 것이다.

아성은 한빈이 하북팽가의 사 공자라는 것을 애초에 믿지
않았다.

진짜 막내 공자라면 기껏해야 나이 스물.

그런 자가 백경의 선주가 된다고?

이것은 불가능한 일이었다. 아성이 보는 한빈의 나이는 적
어도 마흔 이상이었다.

거기에 더해 한빈이 보여 주는 심계는 예측할 수 없을 정
도였다.

가장 중요한 것은 망설임이 없다는 것이다.

망설임이 없다는 것은 그 상황을 한 번 정도는 경험해 봤다는 말이었다.

모든 것을 고려했을 때, 한빈은 적어도 일 갑자 정도의 경험을 갖고 있어야 했다.

내공이야 단기간에 쌓을 수 있지만, 경험은 시간이 흘러야 하는 법.

"정말 하북팽가의 막내 공자였습니까?"

"궁금한가?"

"말씀해 주십시오, 공자."

"비밀이네."

말을 마친 한빈이 돌아서자 아성이 다시 물었다.

"한 가지만 더 물어보겠습니다."

"말해 보게."

"저자에게 배를 맡긴 이유가 무엇입니까? 안내라면 제가 해도 됩니다."

"지금 혈후가 어디에 있는지 안다는 말인가?"

"당연히 알고 있습니다. 그곳에서 몰래 탈출했으니까요."

아성은 조용히 그때의 일을 떠올렸다.

혈후가 적의 공세에 몰리자, 아성은 적의 배를 탈취해서 몰래 이곳까지 왔었다.

그러니 그 길을 거슬러 올라가면 혈후를 찾는 것은 일도 아니었다.

중요한 것은 아성도 백경의 일원이라는 점이다.

백경의 일원은 모두가 선원이었다.

뱃길을 보는 눈이라면 아성은 누구에게도 뒤지지 않는다고 생각했다.

그때 한빈이 웃음기 없는 얼굴로 말을 이었다.

"우리가 갈 때까지 그들이 거기에 남아 있을까?"

"그야······."

"상대를 너무 물로 보지 말게. 그러다 큰코다치지."

한빈은 피식 웃었다.

그러고는 자신의 손을 바라봤다.

사실 한빈도 왜 자신의 손에 난 상처가 없어지지 않는지는 알 수 없었다.

환골탈태 후에도 손에 남아 있는 상처들은 없어지지 않았다.

덕분에 한빈의 손금은 완벽하게 변해 있었다.

도교의 몇몇 도인들은 손금이 사람의 운명을 나타낸다고 주장한다.

그들의 말대로라면 한빈의 운명은 수도 없이 바뀐 것이다.

강을 거슬러 올라간 지 한 시진 정도가 흘렀을 때였다.

조타를 잡고 있던 포로가 손을 들었다.

"다 왔소이다. 그러니 이만 나를⋯⋯."

그는 말을 맺지 못했다.

한빈이 그의 혈도를 눌렀기 때문이다. 그는 고개도 돌리지 못한 채 바닥에 수직으로 쓰러졌다.

그가 쓰러진 곳에는 현철로 만든 관이 놓여 있었다.

관을 가져다 놓은 것은 심미호였다.

심미호는 한빈의 마음을 읽은 듯 미리 뒤쪽에 관을 가져다 놓은 것.

청색 무복의 포로가 관에 들어가자, 한빈이 손뼉을 쳤다.

짝.

"닫아!"

"존명."

짧은 지시와 답이 오간 후 관 뚜껑이 닫혔다.

그 모습을 보고 있던 정희는 입을 딱 벌렸다.

자신이 어떻게 당한 것인지를 알 것 같았기 때문이다.

비록 적이지만 감정이입이 된 정희는 조용히 고개를 돌렸다.

그때 한빈이 아성에게 물었다.

"아까 도망친 곳이 저 섬인가?"

"그러니까……."

아성은 고개를 갸웃했다.

지금 눈앞에는 섬으로 보이는 흐릿한 형체가 있었다.

자욱한 안개 때문인지 형체는 정확히 보이지 않았다.

다만, 짙게 깔린 안개 위로 높게 솟은 봉우리를 보면 섬의 규모가 만만치 않은 것 같았다.

아성은 조용히 고개를 흔들었다.

"제가 떠난 곳이 아닌 것 같습니다. 그곳에는 저렇게 높게 솟은 봉우리가 없었습니다."

"그럼 저곳이 저들의 본진인 것 같군."

말을 마친 한빈은 눈을 가늘게 뜨고 안개 속을 바라봤다.

그 모습은 누가 봐도 이상했다.

아무리 무공이 높다고 해도 안개 속을 들여다보기는 힘든 법이었다.

하지만 그 순간에도 한빈의 표정은 시시각각 바뀌었다.

한빈은 지금 안개 속에서 일렁이고 있는 구결의 흔적을 보고 있었다.

그 흔적이 얼마나 강렬한지, 안개를 뚫고 나올 정도였다.

물론 다른 이들의 눈에는 보이지 않는 흔적이었다.

그렇다고 마냥 기분이 좋은 것은 아니었다.

지금 보는 구결의 흔적은 한두 개가 아니었다.

한 명의 몸에서 뿜어져 나오는 것이 아닌, 적어도 세 명 이상이었다.

구결이 흔적이 제법 멀리 떨어져 있었기 때문이었다.

"여러 명이라……."

한빈은 잠시 이전의 대결을 떠올렸다.

조 환관과 요미 그리고 호조까지 말이다.

만약에 그들을 한곳에서 만났다면?

한빈은 조용히 고개를 흔들 수밖에 없었다. 그들이 합격진을 펼쳤다면 한빈은 패했을 것이다.

이것은 한빈이 다음 벽을 넘지 않는 한 변하지 않는 사실이었다.

심각한 한빈의 표정에 아성이 물었다.

"왜 그러시오?"

"뭔가 찜찜한데……."

"그게 무슨 말이오. 여기까지 와서 그만둔다는 말이오?"

"지금 우리에게 필요한 건 덫이야."

"덫이라니, 그게 무슨 말이오?"

"지금 이대로 저곳에 가는 것은 준비 안 된 사냥꾼이 호랑이 굴로 걸어 들어가는 것과 같다는 말이야. 사냥꾼이라면 적어도 활과 덫은 들고 가는 게 맞지."

"활과 덫이 어디 있다는 말이오?"

"이제부터 준비해야지."

말을 마친 한빈은 다시 관 뚜껑을 열었다.

그러고는 포로의 옷을 하나도 남기지 않고 벗겼다.

그런 후 한빈은 그 옷을 아성에게 내밀었다.

"이 옷을 입게나."

"왜 이 옷을 입으라는 말이오?"

"혈후를 구하기 싫나?"

"입겠소. 어서 주시오."

아성이 재빨리 옷을 받아 입었다.

그가 옷을 다 입자 한빈은 아성에게 표정을 바꿀 것을 요구했다.

"조금 더 입꼬리를 올리고……."

"이렇게 말이오?"

아성이 표정을 바꾸며 묻자, 한빈이 손가락으로 세심하게 지시했다.

"아니, 그것보다는 조금 아래로, 그리고 눈을 조금 작게 떠 보라고."

"알았소."

한빈의 요구에 아성이 계속해서 표정을 바꾸어 보았다. 한참 동안 표정을 바꾸던 아성은 관 속의 포로와 비슷한 표정이 되었다.

그 표정을 확인한 한빈은 손가락을 튕겼다.

순간 설화가 한빈의 앞에 보따리를 풀어 놓았다.

오늘만 해도 벌써 몇 번째 보따리인지 몰랐다.

한빈은 설화가 가져온 보따리에서 변장 도구를 꺼냈다.

도구를 확인한 한빈은 아성의 얼굴 위에 풀칠해 댔다.

슥슥.

"지금 뭐 하는 거요?"

"잠시만 기다려. 지금 표정 바꾸면 처음부터 다시 시작해야 해."

"그래도 미리 말이라도……."

"자꾸 그러면 점혈부터 할 거야. 그러니 좀 가만히 있으라고."

말을 마친 한빈은 마치 계약서를 쓰듯이 자연스럽게 아성의 얼굴을 바꾸기 시작했다.

눈 깜짝할 사이에 아성의 얼굴이 바뀌었다.

관 속에 들어간 포로와 똑같이 바뀐 것이다.

한빈은 그 상태에서 아성의 얼굴을 만지며 마무리를 했다.

"음, 이 정도면 봐 줄 만하군."

"똑같은데요, 공자님."

설화가 포로와 아성의 얼굴을 번갈아 봤다.

그들 중에 설화의 말에 반박할 이는 아무도 없었다.

설화의 말대로 청의 무복을 입은 사내와 아성의 얼굴은 조금도 다른 점이 없었다.

점의 위치에서부터 염소수염까지, 모든 것이 포로와 똑같았다.

　모든 준비가 끝나자, 한빈은 아성에게 밧줄을 건넸다.

　"이제 묶어."

　"누굴 묶으란 말이오?"

　"토끼 가면을 쓴 사람 전부."

　한빈이 뒤쪽을 가리켰다.

　그들은 한빈이 지명한 자들이었다. 그들을 본 아성은 고개를 끄덕였다.

　아성은 한빈이 무슨 말을 하는지 알고 있었다.

　정면 돌파가 힘드니 위장해서 가자는 말이었다.

　아성이 청색 무복의 사내로 위장하고 나머지 인물들을 포로로 잡고 간다면, 저 섬에 어렵지 않게 들어갈 수 있을 것이 분명했다.

　그렇게 잠입한 후 혈후를 찾아서 저 섬을 나오면 아성의 임무도 끝이었다.

　아성은 첫 번째 토끼 가면부터 묶기 시작했다.

　첫 번째로 묶인 것은 정희였다.

　그녀는 밧줄에 묶이면서도 몇 번이고 입술을 달싹였다.

　아무리 생각해도 이번 작전이 위험해 보였기 때문이다.

　변장을 제외하고는 모든 계획이 허술해 보였다.

　지금 한빈의 말대로 저곳이 호랑이 굴이라면, 정체가 탄로나는 순간 목이 달아날 것은 분명했다.

참다못한 정희가 용기를 내어 물었다.

"이것이 정의를 위한 일입니까?"

"정 교관이 말하는 정의가 뭔데?"

"그건……."

정희가 시선을 피했다. 갑자기 물어보자 대답할 말이 없었다. 그녀가 속한 문파가 정파이고 그녀가 속한 단체가 정의맹이었다.

정희가 생각하는 정의는 바로 그들이 행하는 행동 자체였다.

그때 한빈이 먼저 입을 열었다.

"정파의 배를 불리는 게 정의인가? 아니면 조금 손해를 보더라도 백성을 위하는 게 정의인가?"

"후자 같아요."

정희가 마지못해 답했다. 사실 그녀가 생각하는 정의는 전자에 가까웠다.

정파에 이익이 되는 것이 정의라 배웠으니 말이다.

그때 한빈이 말했다.

"둘 다 틀렸어."

"네?"

"정파니 사파니 그게 무슨 상관이야. 내게 이익이 되면 정의야."

"앗."

정희가 입을 딱 벌린 채 표정을 굳혔다.

이건 생각지도 못한 말이었다.

그 표정을 본 한빈이 말을 이었다.

"그리고 하나 더 덧붙이면, 자신이 살아남는 것이 가장 큰 정의라고 할 수 있지. 그럼 그 잘난 정의를 지키기 위해서 한 번 가 보자고."

한빈이 안개가 자욱한 섬을 가리켰다.

～

한빈 일행은 아성이 타고 온 나룻배에 올랐다.

노를 젓는 아성은 연신 거친 숨을 토해 냈다.

"헉. 헉."

"우리는 밧줄에 묶여 있어 도와주고 싶어도 할 수 없으니 이해하게."

한빈이 위로의 말을 건네자, 아성이 이를 악물었다.

"밧줄은 나중에 묶어도 되지 않았소?"

"저걸 보고도 그런 말을 하는 거라면 실망이군."

말을 마친 한빈은 힐끔 고개를 돌렸다.

한빈이 보고 있는 곳은 섬의 중턱이었다.

섬의 중턱을 본 아성이 눈을 크게 떴다.

"저기에 왜?"

아성이 놀라는 이유는 간단했다.

그곳에는 누가 봐도 해골 모양을 한 거대한 암석이 버티고 있었다.

아니 정확히 말하면 섬 전체가 해골 모양이었다.

놀란 아성을 본 한빈이 물었다.

"혹시 저 섬에 대해서 알고 있나?"

"저런 모양의 섬을 마주한다면 절대 가까이 가지 말라는 백경의 전설이 있소. 그 전설에 따르면, 많은 선주가 해골 모양을 한 섬에 가서 영원히 돌아오지 않았다고 하오. 정확히 말하면 돌아온 배가 없다고 하오."

"그럼 우리는 어떻게 될 것 같나?"

"……."

아성은 아무 말 없이 섬을 바라봤다. 그 모습에 한빈이 말을 이었다.

"전설은 전설일 뿐이지. 참, 듣고 보니 그 전설 속에는 한 가지 허점이 있네."

"허점이라니? 그게 무슨 말이오?"

"돌아온 배가 없는데 어떻게 그 사실을 후세에 전한 거지? 이상하다고 생각하지 않나?"

"누가 도망쳐서 그 사실을 퍼뜨린 게 아니겠소?"

"그게 무서운 거지. 선주조차 도망치지 못했는데 누군가 도망쳐서 소문을 냈다고? 내가 보기에는 백경에 배신자가 있는 게 틀림없어."

"그게 무슨 말이오?"

"저들은 백경을 아주 잘 아는 자들이라는 말이야. 백경의
선주들과 버금갈 무공에, 백경을 잘 아는 자들이라……. 과
연 누굴까?"

"그 표정을 보니 꼭 아는 것 같구려."

"나도 추측만 할 뿐 알 수는 없어. 그리고 표정 관리 잘해."

"내 표정이 어떻다고……."

"봐, 입꼬리를 살짝 올리고 눈을 옆으로……."

한빈은 끊임없이 아성의 표정을 고쳐 줬다.

사실 한빈이 눈 깜짝할 사이에 다른 사람으로 변장할 수
있는 이유는 바로 안면 근육을 자유자재로 움직일 수 있기
때문이었다.

그 특징을 흉내 낼 수 있다면 변장술 없이도 간단하게 타
인으로 위장할 수 있었다.

하지만 아성은 철저한 변장을 필요로 했다.

거기에 목소리까지.

저 섬에 들어가서 바로 들킨다면 이제까지의 노력은 물거
품이 된다.

혈후의 생사도 확인 못 하고 그들과 결전을 시작해야 한
다.

사실 한빈이 이렇게 포로로 위장해서 들어가는 것은 실익

을 확인하기 위함이었다.

가장 중요한 것은 천외천급 구결을 획득하는 것이지만, 부수적으로 혈후의 생사도 확인해야 했다.

그곳에서 혈후의 도움을 받는다면 구결의 획득도 생각보다 쉬워질 터였다.

그때였다.

멀리서 뱃고동 소리가 들려왔다.

뿌우!

그 소리와 함께 안개가 점점 걷혔다.

안개가 걷히자 해골 모양이 점점 또렷해졌다.

저건 누가 봐도 해골이 맞았다.

마치 정성 들여서 섬 전체를 깎아 놓은 것과 같았다.

한빈이 탄 배가 나루터에 도착했다.

나루터에 부딪히자 배 전체가 출렁하며 뒤집힐 듯 흔들렸다.

하지만 그들 중 누구도 중심을 잃는 자는 없었다.

아성은 청의 무복 사내로 변장한 상태.

마중 나온 이들은 아성을 보고는 팔을 직각으로 세우더니 가슴까지 올렸다.

"십삼 조장, 다녀오셨소?"

"안내하시오."

아성이 모른 척 그들에게 지시했다.

모든 것은 한빈과 연습한 대로였다.

한빈은 그들의 표정과 동작을 놓치지 않겠다는 듯 집중했다.

그들이 조금이라도 눈치챘다면 그때부터는 계획을 바꾸어야 했다.

사실 가장 조심스러운 것은 이곳이 섬이라는 점이었다.

그 이야기는 후퇴를 마음대로 할 수 없다는 뜻이었다.

한빈과 설화 그리고 청화가 구걸십팔보를 익히고 있다지만, 그것은 육지에서의 이점이었다.

한빈은 일단 그들의 태도에 안심했다.

마중 나온 이들의 얼굴에 의심의 흔적은 보이지 않았다.

아성이 변장한 청의 무복 사내는 이곳에서도 꽤 높은 자리를 차지하고 있는 것이 분명했다.

경비 무사를 제외한 일꾼들은 아성에게 고개를 숙이기 바빴다.

그때 앞서가던 경비 무사가 말했다.

"고생하셨을 텐데 식사부터 하시는 것이 어떻겠습니까?"

그 질문에 아성이 힐끔 한빈의 눈치를 봤다.

한빈이 고개를 살짝 저었다.

신호를 받은 아성이 고개를 저었다.

"먼저 안내하도록 하시오. 포로를 먼저 가둔 뒤 요기를 하겠소이다."

"알겠습니다."

말을 마친 무사가 고개를 숙였다.

그가 눈짓하자 나루터를 지키고 있던 십여 명의 무사가 길을 텄다.

앞에서는 이 섬의 경비 무사가 천천히 걷고 있고, 뒤에서는 아성이 따라가고 있었다.

물론 한빈 일행은 밧줄에 묶인 채 끌려가고 있었다.

한빈이 묶인 밧줄은 언제든 풀 수 있게끔 조처를 해 놓은 상태.

일이 터지면 그들은 밧줄을 풀고 적과 맞설, 아니 뛸 준비가 되어 있었다.

짙게 깔린 안개 속에서도 희미한 태양만 있다면 방향은 잡을 수 있었다.

지금 멀리에서는 초아의 수하인 자청이 토끼 가면을 쓴 채 배를 지키고 있었다.

그들은 어떤 일이 있어도 그 위치에서 벗어나지 않을 것이었다.

그러니 만일의 상황이 생기면 어떻게든 그 배까지 가야 했다.

한빈은 조용히 바닥을 살폈다.

바닥을 살피던 한빈은 눈을 크게 떴다.

나루터에서부터 이어진 길에는 쭉 청강석이 깔려 있었다.

제법 값이 나가는 청강석을 길바닥에 깔아 놓다니?

대충 보니 저들의 자금력을 알 만했다.

한빈은 아무리 돈이 많아도 길에 이렇게 돈을 뿌릴 생각은 하지 못했다.

거기에 이곳이 섬이라는 것을 생각하면 조금도 이해가 되지 않았다.

육지와 떨어져 있는 섬에 무거운 청강석을 이렇게 깔아 놓는다고?

한빈은 앞서가는 경비 무사의 신발을 봤다.

순간 한빈은 눈을 크게 떴다.

그들의 신발에는 먼지 한 톨 묻어 있지 않았다.

생각해 보니 이렇게 깔아 놓은 청강석의 의미를 알 것 같았다.

이 섬의 주인은 결벽증이 있는 자가 분명했다.

깨끗함에 광적으로 집착하는 자.

여기까지 생각하니 떠오르는 인물이 하나 있었다.

바로 백이었다.

백은 하얀색에 집착해서 갑판부터 선실까지 배 전체를 흰색으로 만들어 놓았었다.

터벅터벅.

그들을 안내하던 경비 무사의 발소리가 조금 커졌다.

바로 청강석 때문이었다.

순간 경비 무사를 보던 한빈이 눈을 가늘게 떴다.

그들의 걸음걸이에서 이질감을 느꼈기 때문이다.

그들을 관찰하다 보니 무공을 숨기고 있다는 느낌이 강하게 들었다.

그렇다면?

이곳은 함정일 가능성이 컸다.

한빈은 앞서가는 아성을 보았다.

아성은 이 상황을 전혀 의심하고 있지 않았다.

아성뿐 아니었다.

심미호나 설화 그리고 청화조차 지금의 상황이 이상하다고 생각하지 않은 듯했다.

한빈이 그들의 걸음걸이에서 본 것은 무엇일까?

그것은 바로 호신강기였다.

청강석을 깔아 놨다고 해도 먼지가 안 달라붙는다는 것은 어불성설이었다.

야외라면 먼지가 안 묻을 수 없는 법.

당연하게도 그들은 발을 내디딜 때마다 신발에 먼지를 묻혔다.

그런데 그 먼지를 호신강기로 털어 내고 있는 것이 분명했다.

과연 이것이 평범한 경비 무사의 경지일까?

한빈은 자신이 잡은 청색 무복 사내의 경지를 잘 알고 있었다.

그자가 저 경비 대원이 지닌 무공의 반이라도 지니고 있었다면 그렇게 쉽게 사로잡히지는 않았을 것이다.

한빈은 조금 더 지켜보기로 했다.

그때였다.

경비 대원들이 걸음을 멈추었다.

그들이 멈춘 곳은 거대한 바위가 있는 곳이었다.

경비 대원은 거대한 바위를 손바닥으로 세 번 두드렸다.

탁. 탁. 탁.

그때 한빈은 그들의 손바닥을 관찰했다.

사람의 손바닥을 보면 그들의 경지나 업무를 대충은 알 수 있기 때문이었다.

경비 대원들을 살피던 한빈은 고개를 갸웃했다.

그들은 손바닥에 손금이 없었다.

손금이 없다고?

이런 경우는 처음이었다.

마치 일부러 손금을 없애 버린 것도 같았다.

대체 어떻게 된 일일까?

그때 바위가 흔들리더니 왼쪽으로 두 걸음 정도 움직였다.

움직임으로 봐서 진짜 바위는 아니었다.

기관 장치 중 하나인 것이 분명했다.

동시에 바위가 있던 자리로 아래로 내려가는 통로가 보였
다.

경비 대원들은 아래로 내려갔다.

그들은 뒤도 돌아보지 않았다.

터벅터벅.

아성이 그 뒤를 따르고 한빈 일행은 밧줄이 묶인 채 따라
들어갔다.

그때 그들이 무쇠 문 앞에서 멈췄다.

무쇠 문에서는 한기가 맴돌고 있었다.

한빈은 무쇠 문을 자세히 살폈다.

자세히 보니 이 무쇠 문은 보통의 쇠가 아니었다.

묘하게도 한기가 느껴졌다.

그 한기는 만년한철이 뿜어내는 한기와는 전혀 달랐다.

그때 무쇠 문이 열렸다.

문이 열리자 거대한 연무장이 나타났다.

아니, 연무장이라고 하기보다는 그냥 공터라고 해야 할 것
같았다.

그곳에는 수많은 사람이 있었다.

그들은 곡괭이를 들고 벽을 파고 있었다.

탕. 탕.

한마디로 여기는 광산이었다.

그들은 인부들이 있는 곳을 아무렇지 않게 가로질렀다.

한빈은 인부들을 자세히 봤다.

순간 한빈의 눈이 커졌다.

인부들의 손에도 손금이 없었다.

곡괭이질을 열심히 해서 저리된 것인지, 아니면 일부러 지운 것인지는 알 수 없었다.

전생의 기억에도 이런 경우는 전혀 없었다.

순간 한빈은 눈을 크게 떴다.

생각해 보니 전혀 없는 것은 아니었다.

전생에 정마대전 이후, 신원 불명의 시체가 강가로 떠내려오는 경우가 급격하게 늘었었다.

그런데 시체는 물에 불어서인지는 몰라도 손금이 없었다.

손금은 관이나 정의맹에서 신원을 파악하는 데 쓰이는 자료 중 하나였다.

그렇다면?

아마도 이 섬과 연관이 있을 듯도 보였다.

이 섬의 주인은 과연 누굴까?

한빈은 일단 주변을 살피는 데 주력했다.

이곳을 세밀히 살펴야 빠져나갈 수도 있는 법이었다.

아직까지는 주변에서 천외천급 구결의 흔적은 보이지 않았다.

천천히 가던 경비 무사가 걸음을 멈췄다.

거대한 공터의 끝에는 쇠창살이 쳐져 있는 공간이 있었다.

경비 무사는 그곳을 열었다.

끼이익.

불쾌한 쇳소리가 울리며 문이 열렸다.

한빈 일행은 조용히 그곳으로 들어갔다.

그때였다.

갑자기 아성이 불편한 표정을 지었다.

그것도 잠시, 아성은 살짝 휘청였다.

그 모습을 본 경비 무사가 말했다.

"괜찮으시오?"

"나는 괜찮으니 신경 쓰지 마시오."

"앞으로는 조심하시오. 옥에 가까이 가면 내공을 다 잃을 수도 있으니 말이오."

"조심하겠소."

아성이 고개를 끄덕였다.

순간 옥 안으로 들어간 한빈은 눈을 반짝였다.

그들의 말이 이해가 되지 않았기 때문이다.

옥에 가까이 가면 내공을 잃다니?

내공을 흡수하는 무공은 들어 봤지만, 내공을 흡수하는 땅은 들어 본 적이 없었다.

그들은 옥에 한빈 일행을 가두어 놓은 뒤 사라졌다.

아성도 그들과 함께 왔던 길로 돌아갔다.

그때 누군가 다른 이를 옥으로 끌고 왔다.

이상한 것은 장막을 친 수레에 넣어서 사람을 끌고 온다는 점이었다.

그들은 장막을 걷더니, 사람을 꺼내 맞은편 옥에 넣었다.

사람을 제자리로 돌려 둔 수레와 무사들은 눈 깜짝할 사이에 사라졌다.

조용히 맞은편을 바라보던 한빈의 눈이 커졌다.

정좌한 채 눈을 감고 있는 붉은색 무복의 여인이었다.

그 여인은 바로 혈후였다.

일단 아성과의 약속은 지킬 수 있을 것 같았다.

그런데 정좌한 혈후의 얼굴이 묘했다.

창백한 혈색에 호흡도 미약한 것 같았다.

거기에 더해서 양손은 무쇠로 된 수갑을 차고 있었다.

한빈은 계속해서 혈후를 살폈다.

혈후의 안색은 그리 좋지 않았다.

혈후에게 무슨 일이 생긴 걸까?

한빈이 고민하고 있을 때, 혈후가 한빈을 바라봤다.

혈후가 진지한 표정으로 입을 열었다.

"자네는…….."

하지만 혈후의 목소리는 들리지 않았다.

혈후도 자신의 목소리가 안 나오자 이내 포기하고 입술을 닫았다.

한빈과 혈후는 열 걸음 정도 떨어져 있었다.

이 정도의 거리라면 풀벌레 지나가는 소리도 들을 수 있었다.

혈후는 어떤 힘에 구속당하고 있는 것이 분명했다.

잠시 혈후를 살피던 한빈이 말했다.

"목소리가 안 나오면 그냥 입 모양으로만 말씀하셔도 됩니다."

"절대……."

다시 목소리가 작아졌지만, 혈후는 계속 입 모양으로 말했다.

한빈은 혈후가 뭐라 하는지 대충 알아들을 수 있었다.

절대 수갑을 차서는 안 된다는 말을 반복하고 있었다.

수갑이라?

"그게 무슨 말씀입니까?"

한빈이 막 질문을 던졌을 때 간수들이 다시 돌아왔다.

터벅터벅.

발소리와 함께 쩌렁쩌렁하는 쇠 부딪히는 소리도 들려왔다.

천천히 다가오던 간수는 혈후가 아닌 한빈 쪽을 바라봤다.

시선을 마주한 한빈은 고개를 갸웃했다.

간수가 가면을 쓰고 있었기 때문이다.

아무래도 한빈 일행을 이곳으로 데려온 자와는 다른 놈들 같았다.

가면을 쓴 간수는 한빈 일행의 숫자와 같았다.

한빈은 놈들이 쓴 가면을 유심히 보았다.

놈들이 쓴 가면은 양이었다.

양을 본떠 만든 가면이라?

사내는 순진하게 생긴 양의 가면을 썼지만, 가죽으로 만든 상의 밖으로 나온 팔에는 근육이 울퉁불퉁 튀어나와 있었다.

가장 앞에 서 있는 간수뿐 아니라 나머지 간수도 마찬가지였다.

가면을 썼지만 솟아오른 태양혈을 숨길 수 없었다.

거기에 드러난 근육까지, 딱 보기에는 내공보다도 외공에 특화된 고수가 분명했다.

양보다는 호랑이 혹은 늑대의 가면을 써야 어울릴 것 같았다.

한빈은 터져 나오려는 웃음을 겨우 참았다.

그것도 잠시, 한빈은 눈을 크게 떴다.

사내의 양 가면을 보자 한빈은 백경의 십이간지를 떠올릴 수밖에 없었다.

혈후의 수하들은 모두 원숭이 가면 그리고 한빈의 수하들은 모두 토끼 가면을 쓰고 있었다.

백경의 선주들은 십이간지를 대표하고 있었기 때문이다.

그러고 보니 한빈 일행이 토끼 가면을 쓰고 있던 것도 아무렇지 않게 생각하고 있었다.

이렇듯 십이간지를 본뜬 가면을 당연시한다는 것은, 양의 가면도 십이간지 중 양을 나타낸다는 이야기였다.

　그렇다면?

　양의 가면은 백경의 세력 중 하나가 분명했다.

　적이 백경을 훤히 꿰뚫고 있다고는 생각했지만, 이렇게 내부 세력일 거라고는 생각지 못했다.

　대체 어떻게 된 일일까?

　사실 이 상황보다 더 황당한 것은 혈후의 상태였다.

　혈후가 저렇게 구속당한 채 고분고분 앉아 있다고?

　한빈은 이 상황을 이해할 수 없었다.

　그때 문이 열리고 간수가 들어왔다.

　간수는 무쇠로 된 쇠사슬을 획획 돌리고 있었다.

　하지만 한빈의 일행 중 그 모습에 위축되는 이는 없었다.

　그저 고개를 갸웃하고 있을 뿐, 표정의 변화는 없었다.

　쇠사슬에는 무쇠로 된 수갑이 치렁치렁 매달려 있었다.

　아마도 혈후가 말한 수갑이 저 물건인 것 같았다.

　간수는 쇠사슬을 돌리던 동작을 멈추고 수갑을 하나 빼내었다.

　순간 귀에 거슬리는 소리가 사방에 울려 퍼졌다.

　쨍.

　여러 개의 수갑이 부딪히는 소리와 함께, 가장 앞에 있던 간수가 그 수갑을 들고 청화의 앞으로 걸어왔다.

청화의 앞에 다가온 간수는 검지를 까닥였다.

갑작스러운 간수의 모습에 청화가 물었다.

"왜요?"

상황과 맞지 않는 천진난만한 목소리에 간수가 주먹을 불끈 쥐었다.

간수의 손등에 솟아오른 힘줄을 본 청화는 재빨리 뒷걸음쳤다.

그때였다.

건너편 옥에 갇힌 혈후가 필사적으로 입술을 달싹였다.

그 수갑을 차면 안 된다는 뜻으로 보였다.

청화에게 다가오던 간수뿐이 아니었다.

뒤쪽에 있던 간수들도 일제히 수갑을 꺼내 한빈 일행에게 다가왔다.

한빈은 잠시 미간을 좁혔다.

이곳에서 상대를 제압하고 혈후와 함께 빠져나가는 방법도 있었다.

이곳에 오면서 중간중간 추종향을 묻힌 철전을 떨어뜨렸으니, 밖으로 나가는 데는 문제가 없을 터였다.

순간 한빈이 코를 씰룩였다.

수갑에서 풍기는 쇠 냄새가 예사롭지 않아서였다.

한빈은 표정을 수습하고 재빨리 손을 앞으로 내미는 시늉을 했다.

상대의 장단에 맞춰 주기로 한 것이다.

양 가면의 사내들은 한빈 일행에게 수갑을 채웠다.

그러고는 감옥 밖으로 사라졌다.

차 한 잔 마실 시간이 지났을 때였다.

토끼 가면을 쓴 초아가 몸을 달싹였다.

"기, 기분이 이상해요."

"무슨 일이지?"

한빈이 묻자 이번에는 설화도 말했다.

"저도 이상해요. 혈맥이 꽉 막힌 것같이 내공을 운용할 수 없어요."

"저도 이상해요. 혈맥이 막힌 것 같아요. 아니 기운이 이 수갑으로 빨려 들어가는 것 같아요."

초아가 답하자 옆에 있던 자청도 당황한 표정으로 한빈을 바라봤다.

"대체 무슨 일이 일어난 거죠?"

"혈후에게 일어난 일과 똑같은 일이 일어난 것 같은데."

"그게 무슨 말이에요? 주군."

자청이 묻자 한빈이 답했다.

"이 수갑이 평범한 쇠가 아니라는 거지. 혹시 구월석이라고 들어 봤나?"

"구월석이요?"

"기운을 흡수하는 돌이라고 알려진 물건이지."

구월석이란 중원에서는 구할 수 없다는 서장의 광물이었다.

달에서 떨어진 조각을 대장장이가 아홉 번을 제련해야 본래의 효능을 발휘할 수 있다고 알려진 돌이었다.

얼핏 보기에는 무쇠와도 같아서 구별하기가 쉽지 않다.

구별하는 방법은 자철석을 대어 보는 것이었다.

자철석을 대면 당연히도 구월석에는 반응하지 않는다.

구월석을 본 한빈은 입맛을 다셨다.

천금을 줘도 손에 넣지 못하는 물건이 천지에 널려 있다니?

역시 이곳에 오길 잘했다는 생각이 들었다.

한빈의 변화무쌍한 표정을 본 자청이 말했다.

"주군, 정신 차리세요."

"흠."

한빈이 헛기침했다. 자청은 지금 한빈이 당황해서 어쩔 줄 모른다고 생각했다.

물론 한빈은 기쁨을 주체 못 하는 것이고 말이다.

한빈이 다급히 표정을 숨기자 자청이 물었다.

"그럼 이게 구월석이라는 말인가요?"

"그렇지. 아마도 이 구속구를 차고 있는 한 내공을 움직이기는 힘들 거야."

한빈이 아무렇지 않게 말하자 자청이 다시 물었다.

"주군, 그 말씀은……?"

"내공을 쓰지 않는 사람이라면 이 구속구의 영향을 받지 않는다는 말이지. 아까 그 간수들처럼 말이야."

한빈은 간수들이 왔던 방향을 가리켰다.

한빈은 그 간수들의 덩치가 왜 그리 좋은지를 알 것 같았다.

바로 이 구속구를 관리하기 위함이었다.

내공이 있는 자가 구월석으로 만든 구속구를 관리한다면?

아마도 며칠 안 가서 탈진할 것이 분명했다.

저들은 내공이 아닌 외공을 중심으로 단련한 것이 분명했다.

저렇게 외공을 단련한 수하를 데리고 있다는 것은 그들이 오랫동안 이번 계획을 준비하고 있었다는 말도 되었다.

한빈은 과연 그들의 우두머리가 누구인지 알고 싶었다.

그때 다시 자청이 물었다.

"주군, 그러면 저희는 어떻게 되는 거예요?"

"우리 중에도 내공의 영향을 받지 않는 사람이 하나 있지."

"그게 누군데요?"

자청이 고개를 갸웃하자 한빈은 고개를 돌렸다.

그곳에는 무슨 일이냐는 듯 눈을 끔뻑거리는 청화가 있었다.

청화는 공독지체를 완성한 몸.

내공이 아니라 독 자체로 소주천을 돌리며 수련하고 있었다.

청화에게는 내공을 구속한다는 의미가 없다는 말이었다.

물론 한빈도 마찬가지였다.

한빈에게는 두 가지 힘이 있었다.

하나는 본신의 단전에 있는 내공이고, 다른 하나는 용린검법과 연결된 용린의 기운이었다.

구속구를 차 보니 한빈은 두 가지 기운의 차이점을 명확히 알 수 있었다.

한빈은 지금 내공을 운용하지 못하는 상태였다.

하지만 용린의 기운은 그 어느 때보다 활발히 몸속에서 꿈틀거리고 있었다.

한빈은 구속구를 조용히 바라봤다.

이 구속구는 한빈에게는 기연과도 같았다.

내공을 구속시키니 용린의 기운이 더 활발하게 움직인다라?

그것을 이용해 수련한다면 용린검법의 기본 구결을 더욱 발전시킬 수도 있을 것 같았다.

아마 이 구속구를 몰랐다면 이런 효용은 생각지도 못했을 터.

마치 사람들이 빼곡한 관도에 마차가 빨리 지나지 못하는 것과 같았다.

일반 내공이 사람이라면, 용린의 기운은 마차였다.

일반 기운 때문에 용린의 기운이 속도를 내지 못했다는 것이다.

일단 자신의 사정을 모두에게 비밀로 하는 것이 좋았다.

적들이 두 눈을 시퍼렇게 뜨고 있는 데다가, 내공이 아닌 외공을 쓰는 이가 즐비했다.

덕분에 기척을 감지하는 것이 더욱 힘들었다.

지금도 어디선가 한빈 일행을 감시하고 있을지도 몰랐다.

평소라면 냄새만으로도 적의 위치를 잡아낼 수 있지만, 지금은 구월석의 향기가 너무 진했다.

한빈이 감지할 수 있는 것은 이곳까지 오면서 떨어뜨린 철전밖에 없었다.

그때였다.

모두의 시선을 받은 청화가 말했다.

"대체 어떻게 된 거예요? 이깟 게 뭐라고 그렇게 놀라세요?"

청화가 황당하다는 듯 주위를 돌아보자 설화가 물었다.

"청화야, 너는 괜찮은 거야?"

"저는 멀쩡해요. 그런데 다들 안색이……."

"이 구속구 때문이야. 이걸 차고부터 진기가 꿈쩍도 안 해."

"그럼 그걸 풀면 되잖아요."

"그럴 힘이……."

"이렇게 하면 되잖아요."

쩡!

청화가 수갑을 풀었다.

수갑을 단속하고 있던 고리가 검게 변한 채 힘없이 떨어졌다.

순간 설화가 눈을 크게 떴다.

"대체 어떻게 된 거야? 나 몰래 뭘 배운 거야?"

"배운 게 아니라 저는 원래 아무렇지 않았어요. 언니 것도 풀어 드릴까요?"

청화가 설화의 수갑에 손을 가져갔다.

그때 한빈이 손바닥을 보이며 청화를 말렸다.

"잠시만!"

"왜 그러세요? 공자님."

"적들이 알아채지 못하게 고리를 제거할 수 있겠어?"

"그 말씀은……."

"지금 우리가 힘을 구속당했다고 느껴야 저들도 안심할 거 아냐."

"흠, 그건 조금 힘들 것 같아요."

"그럼 내 것부터 풀어 줘."

"네, 공자님."

청화가 손을 가져갔을 때였다. 한빈의 수갑이 저절로 풀렸
다.

순간 청화가 고개를 갸웃했다.

자신이 손을 쓰지도 않았는데 한빈의 수갑이 열린 것이다.

마치 원래부터 수갑을 차지 않고 있었다는 것처럼 말이
다.

그때 한빈이 말했다.

"고맙다, 청화야."

"저는 한 게…….”

"그래도 고맙다."

한빈이 눈을 찡긋하자 청화는 고개를 끄덕였다.

지금 한빈의 표정을 보고 계획이 있다는 것을 눈치챘기 때
문이다.

구속구를 푼 한빈은 품에서 조그만 은침 한 개를 꺼냈다.

한빈은 그 은침으로 수갑을 무력화시켰다.

철컥. 철컥.

모두의 수갑을 풀고 난 후, 다시 수갑을 일행의 손목에 채
웠다.

한빈은 고리 대신 천으로 수갑을 연결했다.

덕분에 그들은 이전과는 달리, 어떤 상황에서도 스스로 수
갑을 열 수 있었다.

이제 준비는 끝났다.

한 가지 주의해야 할 점은 수갑을 차고 있는 동안에는 내공을 사용하지 않아야 한다는 점이었다.

만약 내공을 사용한다면, 쓰는 대로 구월석에 빨려 들어갈 것이 분명했다.

모두의 수갑을 확인한 한빈은 마지막으로 자신의 구속구도 확인했다.

몇 번씩 다시 확인한 한빈은 조용히 용린검법을 바라봤다.

[안(眼)······.]

한빈은 재빨리 기본 구결 중 안을 운용하기 시작했다.

순간 주변이 환해지면서 모든 것이 호박만 하게 한눈에 들어왔다.

덕분에 한빈은 주위에 감시가 없음을 확인할 수 있었다.

감시가 없다는 것에 한빈은 살짝 놀랐다.

적들은 이 구속구를 풀 사람이 없을 것이라고 확신했던 것 같았다.

그도 그럴 것이, 화경의 고수가 온다고 해도 밑 빠진 독에 새는 물처럼 쭉쭉 내공이 새어 나갔을 테니까.

그렇다면 오직 힘만으로 이 구속구를 풀어야 할 텐데, 그 어떤 고수도 그렇게 하기는 불가능했다.

내공이 쪽쪽 빨린 고수들은 어린아이보다도 힘이 부족할 터.

지금 눈앞에 있는 혈후도 마찬가지였다.

문파 하나를 하루아침에 없앨 수 있는 혈후가 지금은 말도 제대로 하지 못하는 상황이 아니던가?

주변의 기척과 소리를 다시 한번 확인한 한빈은 은침으로 문을 열었다.

끼익.

소리가 나자 한빈은 재빨리 문을 잡아, 소리가 안 나도록 속도를 조절했다.

한빈이 옥에서 아무렇지 않게 나가자, 초아가 설화를 바라봤다.

"혹시 주군이 옛날에 하시던 일이? 양상군자?"

양상군자란 대들보 위의 군자, 즉 도둑을 좋게 부르는 말이었다.

설화는 자신도 모르게 관자놀이를 눌렀다.

한빈에 대해서 다시 한번 곰곰이 생각하던 설화가 조용히 말했다.

"그건 비밀이에요."

"비밀이라고 하는 거 보니 경험이 있었구나."

초아가 조용히 고개를 돌렸다.

그때 한빈은 벌써 혈후가 갇힌 옥문을 딴 지 오래였다.

혈후의 앞에 간 한빈은 작게 속삭였다.

"오랜만에 인사드립니다."

"어, 어떻게 여기……."

혈후는 다시 말을 잇지 못했다. 놀라움 때문이 아니라 힘이 없어서였다.

한빈은 재빨리 은침으로 혈후의 수갑을 풀었다.

차르륵.

한빈은 바닥으로 떨어지는 수갑을 재빨리 잡았다.

수갑을 풀자 혈후의 안색이 돌아왔다.

돌아온 것은 안색뿐이 아니었다.

성격과 기세까지 이전처럼 돌아왔다.

드르륵.

갑자기 옥문이 미세하게 떨렸다. 혈후가 피워 낸 기세 때문이었다.

"내 이놈들을……."

하지만 한빈이 아혈을 제압하는 바람에 혈후는 말을 잇지 못했다.

한빈의 검지는 그다음 목표인 마혈에 가 있었다.

아무리 혈후라고 하지만, 아직 몸이 정상으로 돌아오지 않은 상태.

덕분에 한빈은 아무렇지 않게 혈후를 제압할 수 있었다.

혈후는 놀란 눈으로 한빈을 바라봤다.

대체 왜 자신을 공격하냐고 묻는 것 같았다.

하지만 그녀는 섣불리 움직이지 않았다.

자신이 움직인다면 한빈이 마혈마저 제압할 것을 알고 있었기 때문이다.

아무리 성격이 불같은 혈후라도 이것은 목숨이 걸린 일이었다.

혈후가 진정하자 한빈이 말을 이었다.

"우리의 목표는 단순하게 도망치는 것이 아닙니다."

"……."

아혈을 제압당한 혈후는 입을 열지 않았다.

그 모습에 한빈이 재빨리 검지로 그녀를 해혈했다.

"제가 깜빡했군요."

"지금 이게 무슨 짓이지?"

아혈이 풀린 혈후가 나지막한 목소리로 말하자 한빈이 답했다.

"무슨 짓이긴요. 잘해 보자는 뜻이지요. 지금 적의 손아귀에서 도망치고 싶으신 건가요? 아니면 적의 멱을 따고 싶으신 건가요?"

"그야……."

"당연히 후자라고 생각합니다."

"그래, 네 말대로다. 당연히 놈의 멱을 따고 싶지. 하지만 그것은 불가능하다."

"왜죠? 지금처럼 목소리를 높이는 당신이라면 당연히 적을 향해 달려들 거라고 생각했는데요."

"적은 구월석으로 만든 병장기로 무장하고 있다. 놈들에게 맞서는 것은 기름통을 지고 불길 속으로 뛰어드는 것과 다름없지. 그리고……."

혈후는 자신의 상황을 설명했다.

그녀의 설명에 따르면 혈후는 북해로 가던 도중이었다고 했다.

그러던 중 한 통의 편지를 받고 이곳까지 오게 되었다.

그런데 하필이면 그 서신이 함정이었던 것.

그 서신은 미(未), 즉 양의 선주에게서 온 서신이었다.

그 서신을 받은 혈후는 이 근처를 지나게 되었고, 양의 선주에게 제압당하게 된 것이다.

설명을 듣던 한빈이 말했다.

"양의 주인이 이 정도로 강하군요."

"놈이 강한 게 아니라 내가 속은 것이다. 놈은 내게 구월석으로 만든 식기와 젓가락을 건넸다. 내가 진작 알았더라면……."

"구월석을 알고 계셨습니까?"

"방금 네게서 들었다. 그런 신기한 물건이 있을 줄은…….

그런데 너는 백경도 모르는 구월석을 어찌 알고 있었느냐? 혹시 양의 선주와 한패?"

"이상한 말을 계속하실 거면 저는 돌아가겠습니다."

"아니다!"

"그러면 제 계획대로 하실 수 있겠습니까?"

"그러마."

혈후가 고개를 끄덕이자, 한빈이 말을 이었다.

"저는 그 양의 선주를 만날 작정입니다."

"그것은 강호 속담으로 치면 달걀로 바위 치기에 가깝다. 나는 여기서 탈출해서 다른 선주들을 데려올 작정이다. 단 한 명만 데려와도 구월석 따위는 문제가 되지 않는다."

"여기 있지 않습니까?"

"여기라니, 그게 무슨……."

혈후는 주변을 두리번거렸다. 그 모습에 한빈은 한숨을 쉬었다.

"휴. 제가 새로운 선주라는 것을 잊으셨습니까?"

"그랬지. 하지만 너 같은 애송이가 감당할 일이 아니다."

혈후는 근엄한 표정으로 고개를 저었다.

한빈은 자신도 모르게 피식 웃었다.

"지금 당신을 풀어 준 게 누군지 잊으셨습니까? 그리고 저와 함께 이곳으로 들어온 아성이 지금 위쪽에 있습니다."

"뭐? 아성이 위쪽에 있다니……."

"어찌하다 보니 아성이 적의 옷을 입게 되었습니다. 어찌 하시겠습니까?"

"나는……."

혈후는 말을 맺지 못했다.

대신 다시 기세를 피워 냈다. 지금의 모습은 누가 봐도 감정을 주체 못 하는 것 같았다.

아무래도 다시 한번 지금의 상황을 일깨워 줘야 할 것 같았다.

"만약에 분을 못 참으신다면 저는 당신의 마혈을 제압하고 저희끼리 움직이겠습니다."

"……네 말에 따르마."

혈후가 고개를 끄덕이자, 한빈은 그제야 검지를 마혈에서 뗐다.

한빈은 혈후에게 이곳의 정보를 더 듣고 난 후 자신의 계획을 털어놓았다.

"……제 계획은 여기까지입니다."

"그럼 너희가 양의 선주를 막겠다는 것이냐?"

"당연히 그래야겠지요. 그동안 당신은 아성을 구해 주십시오. 그리고 이곳을 떠나셔도 좋습니다."

"흠."

"그리고 하나 당부드리자면, 적과 마주할 때 절대 내공을 쓰지 마십시오. 내공을 쓰더라도 구월석에 마주하는 순간만큼은 내공을 숨기십시오. 그게 놈들을 제압할 방법입니다."

"그게 파훼법이라……. 소상히도 아는군."

"아닐 수도 있습니다. 저도 구월석으로 만든 무기를 마주한 적은 없으니까요."

"알았다."

"그럼 다시 수갑을 채우겠습니다."

말을 마친 한빈은 수갑을 다시 채웠다.

순간 혈후는 내공을 재빨리 갈무리했다.

한빈이 막 옥을 빠져나가려 할 때였다.

"혹시 선기도 위험한가?"

"제 생각에는 안 쓰는 게 좋을 것 같습니다. 지난번 백과 마주해 보니 내공이나 선기나 원류는 같더군요. 그러니 구월석에 당할 것입니다."

"선기를 쓴 백을 이겼나?"

"운이 좋았죠."

한빈의 말에 혈후는 아무런 말을 못 했다.

한빈이 백을 이기고 새로운 선주의 자리에 올랐다는 것은 딱 세 명만이 아는 사실이었다.

백려와 서준 그리고 혈후였다.

혈후가 그 결과에 대해서 들을 수 있었던 것은 한빈의 후견인이었기 때문이다.

한빈이 선주에 도전할 수 있도록 해 준 후견인이 혈후였기에, 그 결과도 혈후에게 전달된 것.

하지만 그 과정까지는 듣지 못했다.

내공이 아니라 선기를 쓴 백을 한빈이 이겼다고?

그것도 본래 백경의 사람이 아닌 강호의 인물이?

혈후는 그 어느 때보다 놀라고 있었다.

솔직히 말하면 양의 선주에게 배신을 당한 것보다 더 놀랐다.

그때였다.

한빈은 주변에서 나뭇가지 하나를 줍더니 조용히 바닥에 지도를 그렸다.

스스슥.

일필휘지로 그려지는 지도를 보던 혈후가 물었다.

"이 지도는 뭐지?"

"아성이 있을 만한 장소입니다."

"그걸 자네가 어떻게 안다는……."

"제 감이 조금 특별하거든요. 그러니 감시가 소홀해지는 틈을 타서 빠져나가십시오. 그리고 이곳으로 가면 됩니다. 만약 이곳에 없다면 이곳에 있을 겁니다."

한빈은 나뭇가지로 한 지점을 가리켰다.

한빈의 말은 사실이었다. 지금 찍은 두 곳은 이곳에 오면서 봐 뒀던 무사들의 숙소였다.

무사들의 숙소는 크게 두 곳으로 나뉘어져 있었다.

한빈은 옥문을 다시 닫으며 자물쇠를 슬쩍 걸쳐 놓았다.

한빈이 다시 자신의 옥으로 돌아왔을 때였다.
멀리서 양의 가면을 쓴 무사들이 수레를 싣고 다가왔다.
수레에는 두꺼운 천이 덮혀 있었다.
한빈은 조용히 옆을 돌아봤다.
"심 부대주."
"네, 주군."
"심 부대주는 내가 신호하면 빠져."
"네, 존명."
"그리고 나머지 사람들도 지금부터는 철저하게 연기해야
해. 수레에 오르면서 최대한 힘든 척을 해."
"알았어요, 공자님."
설화가 고개를 끄덕이자, 나머지 사람들도 앵무새처럼 따
라 말했다.

잠시 후.
한빈의 예상대로였다.
양의 가면을 쓴 간수들은 한빈 일행의 모습을 유심히 관찰
했다.

한빈을 비롯한 일행이 수레에 오르며 힘들어하자, 그들은 흡족한 미소를 지었다.

간수들은 이내 수레 위에 천을 덮었다.

아마도 위치를 들키고 싶지 않은 것 같았다.

하지만 한빈은 바닥에 일정한 간격을 두고 철전을 계속해서 떨어뜨렸다.

간수들도 들을 수 없을 정도의 희미한 소리는 수레의 바퀴 소리에 묻혔다.

덜그럭. 덜그럭.

순간 한빈은 심미호에게 신호를 보냈다.

심미호는 재빨리 수레에서 뛰어내렸다.

그 동작이 얼마나 민첩한지 간수들은 알아채지 못했다.

아마도 내공을 구속했다고 생각했기에 방심하고 있던 탓도 있었다.

한빈은 조용히 위치를 가늠했다.

수레는 원을 그리며 올라가고 있었다.

지하 작업장에서부터 시작해서 원을 그리면서 상층부로 오르는 느낌이었다.

아마도 해골 모양의 섬, 그중에서도 눈이 있는 곳에 적의 수장이 있을 가능성이 컸다.

얼마나 지났을까. 지루함이 극에 다다랐을 때였다.

덜그럭 소리와 함께 마차가 멈추었다.

마차가 멈추자, 그들은 두꺼운 천을 걷어 냈다.

순간 갑자기 들어온 햇빛에 모두는 본능적으로 손으로 눈을 가렸다.

이제 어느 정도 빛이 익숙해지자 한빈도 손을 뗐다.

한빈의 예상대로 이곳은 해골섬의 눈이 있는 곳이 맞았다.

거대한 구멍 두 개가 한쪽 변에 휑하니 뚫려 있었다.

그 구멍의 중간에는 화려한 태사의가 버티고 있었다.

그 태사의에서 누군가 일어나더니 한빈을 향해서 걸어왔다.

한빈의 그의 걸음걸이에 고개를 갸웃했다.

걸음걸이로만 봐서는 여인이 분명했기 때문이었다.

생각해 보니 혈후는 양의 선주에 대해서 성별까지는 얘기해 주지 않았었다.

중요한 것은 상대의 성별이 아니라 상대의 몸에서 빛나고 있는 구결의 흔적들이었다.

한빈은 계속 고개를 숙이고 있었다.

괜히 힐끔대다가는 정체를 들키거나 주목받을 수도 있는 법이었다.

고개를 숙인 덕분에 한빈은 양 선주의 얼굴을 확인하지는 못했다.

양의 선주는 점점 간격을 좁혀 왔다.

이제는 정확하게 발까지 보인다.

역시나 여인이 맞았다.

가까이 다가온 양의 선주가 가느다란 목소리로 외쳤다.

"모두 고개를 들라!"

그 목소리에 도열해 있던 여인의 수하 중 하나가 검집으로 한빈 일행의 턱을 들었다.

그제야 고개를 든 한빈은 상대의 얼굴을 똑똑히 볼 수 있었다.

상대는 양의 가면을 쓰고 있었다.

양의 가면을 확인한 한빈은 눈을 크게 떴다.

아무리 생각해도 이상했기 때문이다.

태사의에 앉아 있었으니 그는 분명히 선주가 분명했다. 아니 태사의가 아니더라도 저렇게 천외천급의 구결을 지닌 자는 선주밖에 없을 것이다.

그런데 가면을 쓰고 있다고?

한빈은 백경이란 조직을 떠올려 봤다. 많은 선주를 만난 것은 아니지만, 백경의 선주들은 하나같이 가면을 쓰고 있지 않았다.

혈후, 백 그리고 서준과 백려가 그랬다.

가면을 쓰는 것은 오로지 선주의 수하밖에 없었다.

그런데 상대는 가면을 쓰고 있었다.

백경의 선주가 왜 가면을 쓰지 않느냐고 물어보지 않았다.

선주라면 당연히 가면을 쓰지 않는다고 생각했을 뿐이다.

여기서 한빈은 두 가지 가능성을 생각했다.

하나는 양의 가면을 쓴 여인이 선주가 아닐 수 있다는 가능성이었다.

그렇다면 이것도 문제였다.

선주가 아닌 자가 천외천급 구결을 지니고 있다라?

또 다른 하나는 가면 속의 인물이 모두를 속이고 있을 가능성이었다.

과연 어느 쪽일까?

물론 상대의 정체와 관계없이 이 섬에는 하나 이상의 선주급 고수가 있다는 것에는 변함이 없었다.

그 이유는 바로 한빈이 섬에 들어오기 전에 발견했던 천외천급 구결의 흔적 때문이었다.

그 흔적은 멀찌감치 떨어져서 미세하게 일렁이고 있었다.

그중 하나가 바로 이곳에 있었고 말이다.

그러니 이 섬 어딘가에 천외천급 구결을 가진 고수가 한 명 더 있을 것이 분명했다.

그때였다.

양 가면의 여인이 자리에 앉았다.

수하들이 그녀의 편의를 위해 태사의를 옮겨 왔던 것이다. 마치 황족을 대하는 시비들의 모습 같았다.

그녀는 수하들이 옮겨 온 태사의에 당연하다는 듯 앉았다.

태사의를 옮긴 그녀의 수하들도 양의 모습을 본뜬 가면을 쓰고 있었다.

이로써 이들이 백경의 사람이라는 것은 확실히 알게 되었다.

양 가면의 여인은 눈을 반짝이며 한빈 일행을 살폈다.

한빈 일행은 아직도 토끼 가면을 쓰고 있었다.

양 가면을 쓴 여인은 한빈 일행의 얼굴에 관해서는 관심이 없는 듯 보였다.

자리에 앉은 양 가면의 여인이 나지막이 말했다.

"자, 이제 시작하지."

그녀의 말에 옆쪽에 나란히 줄 서 있던 수하 하나가 한 발 앞으로 나왔다.

그는 마치 황제에게 진상을 올리듯 비단 천을 덮어 놓은 쟁반 하나를 들고 왔다.

쟁반이 양 가면의 여인 앞으로 오자, 다른 수하가 비단을 걷어 냈다.

쟁반 위에는 오색찬란한 단검 하나가 놓여 있었다.

양 가면의 여인은 단검을 잡았다.

그러더니 마치 맛있는 음식을 보듯 한빈 일행을 바라봤다.

한참을 바라보던 양 가면의 여인이 자리에서 일어났다.

여인은 아무렇지 않게 가장 왼쪽에 있던 초아의 앞에 쪼그리고 앉았다.

"이거 참 미안하네요. 어떻게 보면 같은 식구인데 말이죠. 허리의 매듭을 보니 나와 같은 임무를 맡은 것 같은데……. 참, 백 선주는 잘 계시죠?"

"누구지?"

초아가 여인을 보며 묻자, 양 가면 너머 여인의 눈빛이 살짝 꿈틀댔다.

"내 목소리를 잊었다니 실망이네."

"가만 보니 선주 중 하나는 아닌 것 같고……. 누구지?"

초아가 눈을 가늘게 뜨자 여인이 양의 가면을 살짝 들었다.

초아만 볼 수 있을 정도의 틈이었다.

순간 초아가 눈을 크게 떴다.

"너는 그때……."

"드디어 알아보는군. 내가 왜 여기 있는지 궁금하지? 눈빛을 보니 조금은 놀란 듯싶군."

"놀랄 수밖에 없지. 강호의 무지렁이가 단시간에 백경의 선원이 되다니……. 누가 들어도 이상하지 않나?"

"그건 비밀이야. 내가 얘기해 주고 싶어도 우리 오라버니가 허락하지 않을 것 같아서 말이야. 그나저나 백은 어디에 있지?"

여인의 눈빛이 꿈틀거렸다.

그 모습에 초아가 고개를 갸웃했다.

초아는 그의 질문을 알아듣지 못했다.

아까부터 계속 백을 찾는 모습이 이상했기 때문이다.

물론 한빈은 여인의 행동이 이상하지 않았다.

백을 밀어내고 한빈이 다른 선주가 되었다는 것은 일부만 아는 사실이기 때문이다.

다만 한빈이 궁금한 것은 여인이 누구냐 하는 점이었다.

여인은 누가 봐도 이상했다.

초아의 말을 들어 보면 강호의 사람인 것 같았다.

강호인이 백경의 일원이 된다?

백경의 분위기로 봐서는 절대 있을 수 없는 일이었다.

한빈처럼 누군가를 밀어내고 그 자리를 차지하기 전까지는 말이다.

그리고 눈앞에 있는 여인은 선주가 아닌 것이 분명했다.

강호의 인물이라면 한빈도 한 번쯤은 들어 봤을 것.

그때 단검을 쥔 여인이 눈짓하자, 수하들이 초아의 팔을 양쪽에서 잡았다.

여인은 조용히 초아의 앞에 다가섰다.

순간 한빈은 수갑을 풀 준비를 했다.

아무래도 초아가 위험할 것 같아서였다.

초아는 한빈에게 충성을 맹세한 아이였다. 이대로 죽게 내버려둘 수는 없었다.

한빈이 손을 쓰려고 결심했을 때였다.

여인의 움직임을 본 한빈이 동작을 멈추었다.

그녀의 움직임에 살기란 없었다.

대신 한빈이 놀랄 정도의 기묘한 금나수를 보여 줬다.

그녀는 손가락을 한 번 뒤틀더니 초아의 손바닥을 낚아챘다.

여인에게 잡힌 초아의 손이 천장을 향했다.

여인은 초아의 손바닥을 유심히 봤다.

그러더니 피식 웃었다.

"환골탈태한 흔적은 없고, 앞으로 삼십 년은 더 살겠군요."

"그게 무슨 말이지?"

초아가 버럭 성질을 내자 여인이 말했다.

"내가 손금을 볼 줄 알거든요. 그대는 삼십 년은 넘게 살 거예요. 그리고 손에 환골탈태한 흔적이 없는 것으로 봐서 무공은 그저 그런 수준이고요."

누가 봐도 초아를 깎아내리는 모습이었다.

그때 여인이 단검으로 초아의 손바닥을 그었다.

휙!

단검의 끝이 붓처럼 초아의 손바닥을 가로로 지나갔다.

순간 초아의 손바닥에서 선혈이 피어올랐다.

그 모습을 본 여인이 다시 말을 이었다.

"이제 수명이 줄었네. 길어야 반년?"

"내가 반년밖에 못 산다고?"

"내가 보는 손금은 틀린 적이 없어요. 그리고 방금 당신의 생명선을 지웠거든요."

"흠, 그런 미신 따위는……."

"믿어야 할 거예요. 손금이 아니더라도 오늘 당장 당신을 죽일 수 있으니까요."

여인은 자리에서 일어났다.

그 모습을 보던 한빈은 고개를 갸웃했다.

여인이 한 일이라고는 딱 하나였다.

상대방의 손바닥을 확인하고 손금에 손상을 준 것밖에는 없었다.

어찌 보면 전혀 중요하지 않은 행동이었다.

손금을 보는 강호인이라?

한빈은 눈을 가늘게 떴다.

그때였다.

여인은 두 번째로 자청에게 다가섰다.

자청과도 똑같은 대화를 주고받았다.

이제 다음 차례는 한빈이었다.

곰곰이 전생의 기억을 떠올리던 한빈은 미간을 좁혔다.

손금에 집착하는 여인이라?

생각나는 사람은 딱 한 명밖에 없었다.

한빈은 조용히 눈을 감고 여인의 목소리에 집중했다.

기억을 떠올리기 위해서였다.

여인의 정체를 알아낸다면 아마도 이 상황에 대한 진실에 다가설 수 있을 것.

한빈은 조용히 눈을 떴다.

그러고는 여인의 가면 뒤에 살짝 드러난 턱선을 확인했다.

한빈의 생각대로라면 그녀가 맞았다.

바로 위씨세가와의 혈전 이후 사라졌던 위씨가문의 후손 중 한 명.

그중에서도 한빈과 인연이 가장 깊은 여인.

손바닥으로 상대방의 무공을 파악하는 방법을 배운 것이 바로 전생의 그녀 때문이었다.

사실 인연이라고 하기보다는 정확히 악연이라고 해야 했다.

바로 현생으로 넘어오기 전 마주했던 얼굴이니 말이다.

전생뿐 아니라 현생에서도 적으로 마주했었다.

위씨세가의 가주를 쓰러뜨린 후 벌어졌던 추격전.

그리고 그 추격전 끝에 발견한 것은 멀어지는 백경의 배였다.

한빈은 자신도 모르게 헛웃음을 삼켰다.

어찌 보면 한빈은 자만했다고도 볼 수 있었다.

달아난 위씨세가 후손 중 하나와 다시 만날 것이라고는 생각도 못 했었다.

그때였다.

여인이 자청의 손에 상처를 낸 뒤 한빈의 앞에 섰다.

그녀가 눈짓하자 양의 가면을 쓴 무사들이 한빈을 속박했다.

한빈의 손바닥을 펼친 후 유심히 보던 여인이 입을 열었다.

"호호, 의심해서 미안해요."

"뭘 의심했다는 거지?"

"백은 사내를 수하로 받아들이지 않았었거든요."

"그런가?"

"그래서 나는 당신이 백이라고 의심했었죠. 그런데 손을 보니 평범한 선원이 맞네요."

"왜 평범하다는 거지?"

"아니, 평범하지는 않네요. 어디 보자……."

여인이 한빈의 손바닥을 보았다.

그것도 잠시, 여인이 놀란 듯 뒤로 물러났다.

순간 양의 가면을 쓴 수하들이 한빈을 포위했다.

그 모습을 본 여인은 손을 들어 그들을 제지했다.

"모두 뒤로 물러나도록."

그녀의 말에 수하들이 뒤로 주춤주춤 물러났다.

여인은 다시 한빈의 손바닥을 살폈다.

물론 단순히 손바닥을 보는 것이 아닌 손금을 살피는 것이 분명했다.

사실 한빈은 상대가 놀란 이유를 알 수 없었다.

"왜 그리 놀라지?"

"당신은 산 사람이 아니에요."

"그게 무슨 말이지?"

"당신에게는 생명선이 없으니까요. 정확히 말하면 내가 흠집 낼 생명선이 당신에게는 보이지 않아요. 그러니 죽은 자죠."

"죽은 자…… 맞는 말이군."

한빈이 피식 웃었다.

토끼 가면 속에서 꿈틀대는 한빈의 입꼬리.

만약에 한빈을 아는 사람이 이 미소를 봤다면 아마도 도망쳤을 것이다.

이 미소는 큰 사건이 일어나기 전 징조니 말이다.

마치 태풍이 불기 전에 구름 모양이 바뀌는 원리와도 같았다.

한빈은 이미 한 번 죽었었다.

그리고 세월을 거슬러 올라왔다. 그런 의미에서 죽었던 자였다.

사실 생명선이 없다는 것은 한빈도 알고 있었다.

아마도 생명선이 의미가 없다고 해야 맞았다.

죽음을 경험했고 지금은 다른 삶을 살고 있는데 생명선이 무슨 의미가 있을까?

그때 한빈이 말했다.

"내가 당신의 손금을 봐도 될까?"

"손금이라……. 그것도 재미있겠네요."

"내가 당신의 운명을 맞히지 못한다면 내 목숨을 내놓지."

"맞힌다면요?"

"그때는 내가 당신의 목숨을 거두도록 하지."

"호호, 재미있군요."

말을 마친 여인이 손바닥을 펼쳐 보였다.

한빈은 여인의 손바닥을 보며 말을 이었다.

"북쪽에 불길한 기운이 보이는군. 그 불길한 기운이 당신의 집안을 덮쳤어."

"음."

여인이 눈을 크게 떴다. 마치 한빈의 말에 놀란 표정이었다.

그것도 잠시, 여인이 다시 말했다.

"계속 말해 보시죠."

"구사일생!"

"구사일생이라니요?"

"멸문지화의 위기에서 구사일생의 수가 보이는군."

말을 마친 한빈은 조용히 여인을 바라봤다.

양의 가면 너머로 보이는 감정의 변화를 본 한빈이 눈웃음을 지었다.

　지금 여인의 감정은 풍랑을 만난 나룻배와도 같았다.

　그때 한빈이 다시 말을 이었다.

"손금을 보니 당신의 이름도 알 것 같군."

구월도

한빈의 말에 여인이 눈을 가늘게 떴다.

가면 뒤로 얼핏 보이는 입꼬리는 분명히 조소였다.

"내 이름을 안다고? 당신이 어떻게 내 이름을 알죠?"

"아마도 성은 위씨겠지. 무림 공적이 되어서 십대가문에서 퇴출당한 위씨세가의 사람 같아 보이는군."

"어떻게 알았죠?"

여인은 당황하지 않았다. 그저 슬쩍 올렸던 입꼬리를 내릴 뿐이었다.

한빈은 그럴 줄 알았다는 듯 말을 이었다.

"우리 조장이 당신을 강호의 인물이라고 하였소. 그리고 그런 인물 중에 사람의 이목을 숨기고 이렇게 성장할 수 있는 인물은 위씨세가 사람들밖에 없소."

"그럼 내 이름을 말해 보세요. 만약 틀린다면 사지가 멀쩡하지 않을 거예요."

여인이 입맛을 다시자 한빈이 말했다.

"위지약."

"……."

여인은 아무 말 없이 손을 뻗었다.

초아에게 사용한 것 같은 초식이었다. 눈으로는 좇을 수 없는 금나수.

물론 한빈의 눈에 그렇게 보인다는 것은 아니었다.

안(眼)의 구결을 소모하자 여인의 초식이 눈에 들어왔다.

손가락을 공작의 날개처럼 펼치며 눈 깜짝할 사이에 나선형으로 날아오는 수법은 위씨세가의 무공이 아니었다.

그것은 놀랍게도 점창파의 무공이었다.

대체 점창파의 무공을 어떻게?

단지 의문만 피워 냈을 뿐 한빈은 대응하지 않았다.

봐도 못 본 척 그저 상대의 초식만 감상하고 있을 뿐이었다.

물론 상대에게서 살기는 전혀 찾아볼 수 없었다.

어찌 보면 살기 대신 호기심을 피워 내고 있다고 보는 것이 맞았다.

그야말로 순수한 호기심이었다.

마치 생쥐를 구석에 몰아넣은 거대한 구렁이와도 같은 여유가 그녀에게 엿보였다.

　이것은 절대자가 평범한 무인을 바라볼 때나 보이는 태도였다.

　그 절대자의 태도가 여인의 몸에서 자연스레 풍겨 나왔다.

　뱀처럼 날아온 여인의 손이 한빈의 토끼 가면을 잡았다.

　탁!

　한빈은 대응하지 않았다.

　순간 여인이 토끼 가면을 벗겨 냈다.

　이제 한빈은 얼굴을 드러냈다.

　물론 민낯은 아니었다. 한빈은 이미 위장하고 있었다.

　혹시 모를 때를 대비해서였다.

　그 혹시 모를 경우가 이번에는 도움이 된 것 같았다.

　여인이 한빈의 얼굴을 뚫어지라 바라봤다. 그것도 잠시, 여인이 고개를 갸웃했다.

　여인이 황당하다는 듯 말했다.

　"너는 누구지?"

　"역시 나를 기억 못 하는군."

　한빈이 어깨를 으쓱하며 상대를 바라봤다.

　격장지계의 수법이었다.

　내공도 소모되지 않고 힘도 들지 않는 수법.

　격장지계는 돌아오는 불이익이 없는 수법이었다.

사실 무공이 동수일 때는 백지장 하나의 차이가 승부를 가르곤 한다.

지금 한빈은 그 틈을 만들려고 하는 것이다.

한빈은 철저히 상대의 마음을 흔들어 놓기로 했다.

검댕을 묻힌 한빈의 입꼬리가 슬쩍 올라갔다.

그 모습에도 여인은 동요하지 않았다.

"내가 그쪽 같은 무명소졸을 알 리가 없지 않나요?"

오히려 황당하다는 듯한 표정을 짓는 위지약.

한빈이 다시 말을 이었다.

"혹시 진룡이라고 하면 기억하려나?"

"진룡?"

위지약이 고개를 갸웃하자 한빈이 말을 이었다.

"그럼 생불은?"

"그 이름도 생소하네요. 내가 강호에서 알 만한 사람들은 모두 구대문파나 십대세가 사람들밖에 없거든요."

이쯤 되자 한빈은 위지약의 근황을 알 것 같았다.

만약에 강호에서 활동했다면 진룡과 생불이란 이름을 모를 수 없었다.

그녀가 모른다는 것은 강호에 나온 지 얼마 안 되었다는 말이었다.

이것은 자신에 대한 자랑이 아니었다.

그만큼 생불과 진룡의 이름은 강호에서 유명했다.

지금도 그 이름은 널리 퍼져 나가고 있는 상황이었다.

하북팽가 막내아들은 몰라도 생불이나 진룡을 모를 수는 없었다.

과연 어떻게 된 일일까?

백경으로 끌려간 것까지는 알고 있었다.

그녀를 데려간 것은 백이었지만, 백은 약속된 장소에 내려 주고 길을 떠났었다.

사실 위씨세가의 명맥은 거기에서 끊겼다고 생각했다.

그런데 다른 백경의 조직을 장악하고 있었다니!

순간 한빈의 머릿속에 번뜩 떠오르는 것이 있었다.

바로 백경의 내부 분열이었다.

이제 한빈은 대놓고 신분을 밝히기로 했다.

한빈이 다시 말을 이었다.

"사실 나도 십대세가의 사람이거든. 그것도 하북팽가."

"하. 북. 팽. 가……."

위지약이 단어 하나하나를 곱씹었다.

동시에 부르르 떨리는 눈썹.

그녀의 감정이 호기심에서 분노로 바뀌는 순간이었다.

위지약은 재빨리 단검을 들었다.

휙!

단검을 들려던 위지약이 입을 벌렸다.

손에 든 단검이 사라졌기 때문이다.

그때 한빈이 자리에서 일어나자, 위지약은 뒤로 한 발 물러섰다.

위지약의 단검은 이미 한빈의 손에 넘어가 있었다.

위지약이 가면을 벗기는 사이에 한빈은 그녀의 단검을 빼앗은 것이다.

그 움직임이 얼마나 은밀한지 위지약은 알아채지 못했다.

한빈의 수법은 무공 초식이 아니었다.

시정잡배들이 쓰는 흔한 소매치기 수법.

어떤 내공도 없었고 그 어떤 형식도 없었다.

그저 물이 흐르듯 자연스럽게 위지약의 단검을 빼앗은 것이다.

위지약이 이리 놀란 이유는 따로 있었다.

자신의 눈을 속일 수 있는 자는 없다고 느꼈기 때문이다.

위지약이 말했다.

"너는 누구냐?"

"나로 말할 것 같으면 하북팽가의 막내 공자."

"그럼 네가 팽한빈?"

"오호, 영광인데…… 내 이름을 기억해 주다니!"

"네놈이 여기에 왜?"

위지약의 눈빛이 떨렸다.

떨리는 것은 눈빛만이 아니었다.

어찌나 흥분했는지 겉으로 봐도 티가 날 정도였다.

한빈은 일단 틈을 만드는 데 성공했다.

이제 남은 것은 적절한 보상이었다. 그 보상은 바로 구결이었다.

한빈은 조용히 위지약의 어깨를 바라봤다.

바로 그곳에 천외천급 구결이 일렁이고 있었다.

벌써 한빈의 단검이 위지약의 오른쪽 어깨 한 치 앞에 도달해 있었다.

그야말로 아무런 방비 없이 넋을 놓고 있는 상황.

한빈이 원하던 틈은 이런 것이 아니었다.

그런데 생각보다 틈이 많이 벌어져 있었다.

혹시 함정?

한빈은 위지약이 보인 틈을 의심했다.

그도 그럴 것이, 상대는 양의 조직을 손에 넣었고 천외천급 구결을 지닌 자였다.

그런데 이렇게 허술하다고?

하지만 한빈은 망설이지 않았다.

바로 코앞에 천외천급 구결이 있는데 물러설 수는 없는 법이었다.

깡!

한빈은 꾕음과 함께 뒤로 물러났다.

손에 느껴지는 것은 얼얼한 감각이었다.

"호신강기?"

"호호."

위지약이 한빈을 바라보며 비웃었다.

순간 한빈의 눈에 위지약의 어깨가 들어왔다.

살짝 찢어져 있는 상의 사이로는 피부가 보이지 않았다.

대신이 묘하게 엷은 비늘이 보였다.

일반적인 생선의 비늘이 아닌, 인위적으로 만든 비늘이었다.

한빈은 안의 구결을 소모했다.

순간 찢어진 의복 사이의 비늘이 호박만 하게 보였다.

그 비늘의 정체는 바로 구월석이었다.

바로 한빈의 양손을 구속하고 있는 수갑의 재질이었다.

뒤로 물러난 위지약이 입꼬리를 올렸다.

"하북팽가의 팽한빈이라……. 백경을 접수하고 나면 가장 먼저 보려고 했는데 자기 발로 찾아오다니, 그 노력이 가상하군."

이제는 말투가 바뀌었다.

한빈이 손목을 풀었다.

"그건 내가 할 말이지. 그러지 않아도 뒤통수가 근질거렸거든. 언젠가는 내 뒤통수를 칠 널 여기서 만난 건 행운이야."

"언제 백의 수하로 들어간 거지? 그 무공도 백에게 배운 건가?"

"수하는 아니야."

"그렇다면 뭐지? 백경이 강호인과 손을 잡을 리는 없고……."

"뭐, 말해 주고 싶은데……. 비밀이야."

"비밀이라……. 모두 쳐라!"

위지약이 수하들에게 외쳤다.

순간 양의 가면을 쓴 무사들이 병장기를 들었다.

그런데 그들의 무기가 조금 색달랐다.

그들은 하나같이 거대한 곤봉을 들고 있었다.

자세히 보니 그것도 구월석이었다.

적어도 성인 사내 하나 정도의 무게만큼은 나갈 듯한 거대한 곤봉을 휙휙 휘두르며 다가오는 사내들.

그들도 모두 외공을 익힌 자들이었다.

하긴 저렇게 구월석을 손에 쥐고서 내공을 쓴다면 모든 기가 곤봉에 빨려 들어갈 것이다.

한빈은 힐끔 양옆을 바라봤다.

그곳에서는 이미 초아와 자청 그리고 설화와 청화가 구속구를 풀고 있었다.

그들은 이미 한빈의 곁을 떠났다.

다가오는 위지약의 수하 즉 양 가면을 쓴 고수들을 유인하기 위함이었다.

그래야 한빈이 편안히 적장을 제압할 수 있을 것이라는 게 그들의 판단이었다.

이제 남은 것은 한빈과 위지약.

한빈은 재빨리 용린검법의 초식을 떠올렸다.

'전광석화.'

'구걸십팔보.'

용린검법의 초식을 떠올린 한빈은 자신의 몸을 살핀 후 웃음 지었다.

구속구는 용린검법의 구결에 조금의 영향도 미치지 못했다.

다만 본신의 내공이 바닥난 상태였다.

한빈은 재빨리 단검을 들었다.

'일촉즉발.'

한빈이 든 단검에서 푸른빛이 일렁였다.

누가 봐도 그것은 순수한 검기였다.

검기를 본 위지약이 외쳤다.

"어떻게 내공이……!"

내공을 쓰는 한빈을 보자, 위지약도 당황할 수밖에 없었다.

구월석에 구속을 당한 자는 내공을 쓰지 못한다.

이것이 위지약이 아는 상식이었다.

그런데 한빈은 아무렇지 않게 검기를 쓰고 있었다.

대체 이게 어떻게 가능한 일일까?

한빈이 빙긋 웃었다.

"이번 대결에서 살아남는다면 비법을 가르쳐 주지."

물론 거짓말이었다.

이번 대결에서 그녀를 제압한 후 한빈은 한 가지 물어볼 생각이었다.

바로 구월석의 쓰임이었다.

내공을 빨아들이는 구월석으로 만든 옷을 입고 있다는 것 자체가 말이 되지 않았다.

아마도 구월석에는 특별한 쓰임이 있을 터.

그것을 이용해서 지금의 경지로 올라온 것이 분명했다.

다시 천외천급 구결을 노리며 한빈의 단검이 파공성을 냈다.

슉!

그와 동시에 위지약이 몸을 살짝 틀었다.

마치 나무에서 복숭아 잎이 떨어지는 듯 우아하게 왼쪽으로 빠지는 위지약.

한빈도 재빨리 방향을 바꾸었다.

겉으로는 아무렇지 않게 표정 관리를 하고 있지만, 한빈은 내심 놀라고 있었다.

바로 지금 위지약이 펼친 보법이 아미파의 낙화유수였기 때문이다.

낙화유수는 아미파를 뒤덮은 복숭아꽃을 보던 시조가 창안했다는, 문파의 최고 보법이다.

이 보법은 아미파의 일대 제자에게만 전해지는 초식이었다.

그런데 위지약이 그 초식을 익혔다고?

고민도 잠시, 한빈은 재빨리 초식을 이어 나갔다.

'성동격서!'

한빈의 단검이 위지약의 얼굴로 파고 들어갔다.

위지약의 손에는 수하들이 던져 준 검이 한 자루 있었다.

위지약은 얼굴로 파고드는 단검을 쳐올리듯 막았다.

팡!

하지만 위지약의 손끝에 걸리는 감각은 없었다.

순간 위지약은 검을 다급하게 아래로 내렸다.

그때였다.

한빈의 단검이 다시 어깨를 가격했다.

깡!

역시나 한빈의 단검은 튕겨 나갔다.

한빈은 일단 뒤로 물러났다.

아무리 생각해도 있을 수 없는 일이었다.

위지약도 놀란 듯 뒤쪽으로 물러난 채 상황을 살피고 있었다.

순간 한빈의 눈이 커졌다.

이전의 감각을 떠올려 보니 원인을 알 것 같았기 때문이다.

한빈이 느낀 감각 중 중요한 점은 막혔다가 아니라 튕겨 냈다는 점이었다.

구월석은 내공을 흡수하는 성질을 가진 기묘한 장치였다. 그런데 용린의 기운만은 튕겨 내고 있다.

마치 물과 기름처럼 말이다.

고민을 끝낸 한빈은 단검을 바닥에 버렸다.

팍!

바닥에 꽂힌 단검이 부르르 떨렸다.

한빈은 조용히 위지약을 바라봤다.

위지약은 검을 들어 눈썹에 맞춘 채 입꼬리를 올리고 있었다.

아마도 자신을 보호하고 있는 갑주에 어지간히 자신이 있어 보였다.

그도 그럴 것이, 구월석으로 만든 갑주는 난공불락의 요새와도 같았다.

용린의 기운을 튕겨 내고 보통의 내공은 흡수한다?

검기가 갑주에 그대로 흡수된다면 그 어떤 무공도 저 갑주를 뚫을 수 없을 터다.

그야말로 금강불괴라고 봐도 되었다.

단검을 바닥에 던진 한빈의 모습에 위지약의 입술이 작게 열렸다.

"벌써 포기한다고? 내가 널 살려 줄 것 같아?"

"네게 그런 자비심이 없다는 건 이미 알고 있으니 걱정하지 말라고."

한빈이 피식 웃었다.

이상하게 생각할지 몰라도 한빈은 상대에 대해서 너무 잘 알고 있었다.

마지막까지 악을 쓰며 쫓아온 것이 그녀였으니까.

그때 위지약이 다시 말을 이었다.

"그래, 이유를 알 것 같아. 네가 왜 구월석을 접하고도 멀쩡한지 말이야. 너는 모종의 이유로 내공을 잃었을 것이야. 그러니 구월석에도 반응을 안 할 테지."

"흠, 내공을 잃어버린 게 아닐지도……. 어찌 보면 원래 내공이 없었다고 볼 수도 있겠지."

"원래 내공이 없다고? 그럼 널 죽인다고 해도 아까울 건 없다는 얘기네. 호호."

위지약은 여유 있게 웃었다. 그것은 절대자에게서만 볼 수 있는 기세였다.

한빈도 마주 웃었다.

대충 상황을 알 것 같았다.

사실 한빈은 구월석에 대해서 궁금했던 점이 있었다.

구월석으로 고수들을 구속한 뒤 얻는 이익이 무엇인가 하는 점이었다.

차라리 고수들을 죽이면 수고를 덜 수 있을 텐데 구월석으로 만든 장비로 구속을 한다?

애초에 말이 되지 않았다.

그런데 위지약이 그 이유를 말해 준 것이었다.

그때 위지약이 검을 횡으로 그었다.

마치 한빈을 반 토막 내겠다는 기세로 달려드는 위지약.

한빈은 아무렇지 않게 허리를 꺾었다.

순간 한빈의 위쪽으로 위지약의 검이 지나갔다.

위지약의 공격은 망설임이 없었다.

완벽한 갑주가 몸을 보호하고 있으니 고민이 없는 것이다.

가만히 보니 양의 가면 또한 구월석으로 만들어진 것이 분명했다.

그렇다면 온몸을 갑주로 두르고 있다고 봐야 했다.

즉, 어떤 공격도 막아 낼 수 있다는 뜻.

이리저리 위지약의 공격을 피하던 한빈이 구월석으로 만든 수갑을 들었다.

자신을 속박했던 그 수갑이었다.

수갑은 고리 두 개를 쇠사슬로 이어 놓은 형태의 평범한 모양이었다.

수갑을 주운 한빈이 눈을 빛냈다.

한빈은 수갑을 빙글빙글 돌렸다.

두 개의 환을 이어 붙인 듯한 무기가 되었다.

아마도 비환(飛環)이라 부르는 것이 맞을 것 같았다.

비환은 두 개의 고리를 붙여서 만든 형태의 무기로, 쇠사슬을 풀면 주먹을 보호하기 위한 권갑으로 쓸 수도 있었다.

수갑을 비환처럼 돌리던 한빈은 한쪽을 잡고 다른 한쪽을 위지약에게 날렸다.

팡!

귀청을 찢을 듯한 파공성.

한빈이 날린 비환에는 그 어떤 힘도 담겨 있지 않았다.

이것은 순수한 힘.

평범한 움직임에 태산을 옮길 듯한 기세가 담겨 있었다.

한빈은 슬그머니 입꼬리를 올렸다.

지금의 힘은 기연으로 인해 얻은 것이 절대 아니었다.

이것은 순수한 한빈의 노력!

현생으로 돌아오고 나서 한빈이 용린검법만 수련한 것은 아니었다.

만일을 대비해서 전생에서 익힌 방법대로 꾸준히 수련하고 있었다.

그 수련의 일부분을 적혈맹호대와 설화 그리고 청화에게도 전수한 것이다.

한빈은 수하들을 훈련시키기 전에 미리 자신이 그 한계를 측정하곤 했다.

아래에 독사가 가득 찬 사신대에서 밧줄에 얼마큼 매달려 있을 수 있을까?

거대한 바위를 순수한 힘으로 얼마나 밀쳐 낼 수 있을까?

한빈이 익힌 것은 내공 심법이 아니라 바로 힘이었다.

이가 없으면 잇몸으로!

한빈이 수하들에게 강조하던 부분이었다.

만일 내공이 동이 나서 조금의 힘도 쓰지 못할 경우는 어떻게 해야 할까?

그럴 땐 신체의 근육을 사용하면 그만이었다.

그렇게 단련하고 또 단련하다 보면 적어도 자신의 목숨 하나 정도는 지킬 수 있는 동아줄 하나는 완성되기 마련이었다.

사실 이런 힘에는 한계가 있었다.

힘으로 검기를 막아 낼 수 있을까?

어찌 보면 그것은 불가능한 일이었다.

힘으로 무공을 성장시키는 데는 한계가 있다는 말이었다.

그래서 대문파 혹은 무림세가에서는 힘을 중요시하지 않는다.

힘을 키우기보다는 그 시간에 영초를 찾아다니는 것이 그들의 습성이다.

하지만 한빈은 달랐다.

전생에 내공이 바닥나서 죽을 뻔한 경우가 한두 번이 아니었다.

그때마다 한빈을 구해 준 것은 순수한 근력이었다.

지금도 마찬가지의 상황이었다.

용린의 기운이 바닥난 것은 아니지만, 그 힘을 쓸 수 없는 상황.

즉, 한빈의 기운과 구월석이 서로를 거부하는 것이 문제였다.

용린의 기운을 쓴다면 상대도 한빈을 해하지 못하겠지만, 한빈도 상대에게 타격을 줄 수 없었다.

이때 해답은 간단했다.

구월석을 무시할 수 있는 순수한 힘으로 공격하면 그만인 것이다.

힘을 가하기 위한 가장 적절한 무기는 무엇일까?

묵직하면서도 표면적이 큰 무기가 가장 적합했다.

그런 이유로 양 가면을 쓴 외공의 고수들이 널찍한 곤봉을 들고 있었던 것.

한빈도 마찬가지였다.

힘을 가하기에 가장 좋은 병장기로 수갑을 선택한 것이다.

곤봉보다도 어찌 보면 더 묵직해 보이기도 했다.

팡!

위지약이 놀란 듯 재빨리 뒤로 물러났다.

이번에도 아미파의 낙화유수를 사용했다.

아미파의 낙화유수는 아미파의 심법이 없으면 운용하기 힘든 경공이었다.

한빈은 자신도 모르게 입맛을 다셨다.

"흠, 흥미로운데……."

붕!

다시 한빈의 수갑이 공간을 갈랐다.

어렵게 허공을 가로지르며 한빈의 비환, 즉 수갑이 공간을 가득 채웠다.

용린검법 중 전광석화의 위력이 아니었다.

한빈은 순전히 힘과 기술로 상대를 압도하고 있었다.

역시 한빈의 생각이 맞았다.

내공을 쓰지 않고 힘만을 사용하자 전세가 역전되었다.

한빈은 상대가 이렇게 되리라고는 상상도 못 했을 것이라고 확신했다.

상대는 이런 경우를 대비해서 근력을 수련한 자들이었다.

백경이나 무림세가 사람들이 이토록 치열하게 근력을 수련했으리라고는 생각할 수 없었다.

당황한 위지약이 검을 더욱 세차게 움켜잡았다.

하지만 한빈의 기세에 위지약은 계속해서 밀렸다.

한빈이 비환을 빠르게 돌리자 그 잔상이 그물처럼 주변으로 퍼져 나갔다.

위지약의 움직임을 제대로 봉쇄한 것이다.

계속 밀리던 위지약은 뒤쪽에 뚫린 구멍, 즉 해골의 눈까지 몰렸다.

뒤쪽을 힐끔 본 위지약이 이를 악물었다.

한빈이 날리는 비환을 그냥 맞겠다는 생각은 버린 지 오래
였다.

저런 힘으로 휘두르는 비환에 맞는다면 뼈가 동강 날 것이
분명했다.

다시 날아오는 비환에, 위지약은 자신도 모르게 검을 들어
막았다.

하지만 그것이 실수였다.

깡!

그 소리와 함께 위지약은 뒤쪽으로 밀려 났다.

동시에 다른 쪽의 고리가 날아왔다.

그 고리는 위지약의 명치를 때렸다.

팡!

갑주를 입고 있었지만, 힘까지 막을 수는 없었다.

구월석에는 힘을 막는 효과는 없었으니까.

내공이 담겨 있지 않는 순수한 힘에는 위지약도 대항할 방
법이 없었다.

위지약은 수하들을 바라봤다.

순간 위지약의 눈이 커졌다.

자신만 당하고 있는 것이 아니었다.

그녀의 수하들도 비슷한 방법으로 당하고 있었다.

그들의 수법을 보면 마치 구월석의 파훼법을 아는 것만 같
았다.

한빈의 수하들은 하나같이 힘으로 초식을 펼치고 있었다.

외공의 고수를 능가하는 그녀들의 힘.

위지약이 이해가 안 되는 것은 하나였다.

한빈의 수하들은 모두 가녀린 여인들이었다.

아니 여인이라기보다는 소녀에 가까웠다.

그런데 위지약의 수하들을 능가할 정도의 힘을 가지고 있었다.

대체 어떻게?

이해가 안 되는 것은 백경의 고수인 초아와 자청의 모습이었다.

이전에 쓰던 백경의 무공과는 궤를 달리하는 외공을 쓰고 있었다.

저런 무자비한 초식은 백경의 선주들이 경멸한다.

백경의 특성상 한 마리의 학처럼 고고한 움직임을 중시한다.

그 학이 봉황이 되는 것이 백경 선주들의 목표.

그런데 저렇게 무자비하게 힘으로 무기를 휘두른다고?

팡! 팡!

위지약의 수하들이 주춤주춤 뒤로 밀리고 있었다.

그때였다.

한빈의 비환이 위지약의 얼굴로 날아왔다.

깡!

비환이 위지약의 가면에 그대로 적중했다.

얼굴과 붙어 있는 듯 단단했던 가면이 그대로 풀렸다.

소리만 들어서는 가면도 구월석으로 만든 것이 분명했다.

풀린 가면은 허공으로 붕 떠서 뒤쪽으로 날아갔다.

한참 뒤에 들리는 소리.

첨벙.

가면이 물에 빠지는 소리였다.

뒤쪽으로는 강물이 접해 있는 게 분명했다.

순간 위지약의 몸이 뒤로 휘청였다.

여기서 떨어지면 위지약도 강물 속으로 빠질 것이다.

위지약은 필사적으로 허우적댔다.

지금 강물로 들어가면 자신은 죽은 목숨이라는 것을 알기
때문이다.

만약에 갑주를 착용하지 않았다면 물에 들어가도 상관없
었다.

하지만 지금 물속에 처박히면 순식간에 바닥까지 가라앉
을 게 뻔했다.

바로 물귀신이 된다는 말이었다.

위지약의 몸이 갑주의 무게 때문에 완전히 꺾였을 때였다.

그녀의 팔을 누군가 잡았다.

위지약이 겨우 고개를 돌렸다.

한빈이 희미한 미소를 짓고 있었다.

한빈은 미소를 머금은 채 입을 열었다.

"갈 때는 가더라도 그건 주고 가야지?"

"뭘 하는 게냐?"

"넌 몰라도 돼!"

말을 마친 한빈이 수갑의 한쪽을 권갑처럼 말아 쥐었다.

한빈은 준비 동작도 없이 그대로 위지약의 어깨에 주먹을 꽂았다.

빡!

순간 위지약의 몸이 종잇장처럼 출렁였다.

위지약을 무력화시킨 한빈은 조용히 허공을 올려다보았다.

[용안으로 구결을 확인합니다.]

[천외천급 구결, 벌(罰)을 획득했습니다.]

[천외천급 : 일(一), 백(百), 계(戒), 오(五), 벌(罰)]

한빈은 계속 허공을 바라봤다.

그때 다시 글귀가 이어졌다.

[천외천급 초식, 일벌백계(一罰百戒)를 획득하셨습니다. 지금 확인하시겠습니까?]

한빈은 고개를 돌렸다.

초식은 나중에 확인해도 되었다.

지금 중요한 것은 위지약의 처리였다.

한빈은 위지약의 손을 놓았다.

"잘 가. 이번 생에는 더는 보지 말자고."

"이런 미친……."

위지약이 허둥거리며 한빈의 소매를 잡았다.

하지만 한빈은 재빨리 팔을 뺐다.

뒤로 넘어가는 위지약을 본 한빈이 천천히 손을 흔들었다.

위지약이 아무런 저항도 못 하고 아래로 떨어졌다.

그때였다.

한빈의 옆구리를 향해서 기분 나쁜 기척이 날아왔다.

휭!

그것은 백색의 비도였다.

한빈은 재빨리 반보 옆으로 피했다.

하지만 날아오는 비도는 한빈의 속도보다 빨랐다.

용린의 기운을 쓰지 않은 한빈이 피하기는 힘든 속도였다.

픽!

눈 깜짝할 사이에 한빈의 옆구리를 스친 비도가 허공에 멈췄다.

허공에 멈춘 비도는 아래로 떨어졌다.

아래로 떨어진 비도가 다시 허공으로 솟아올랐다.

솟아오른 비도는 위지약이 잡고 있었다.

비도는 물고기를 낚아 올리는 낚싯대처럼 위지약을 당겼다.

위지약을 낚아챈 비도가 살아 있는 것처럼 움직였다.

위지약은 낚싯대에 걸린 물고기 같았다.

그녀를 낚은 이는 따로 있었다.

누가 보면 이기어검으로 착각할 정도의 움직임.

하지만, 움직임이 너무나 빨라서 던진 이도 확인할 수 없었다.

그저 날아간 비도가 위지약을 끌어 올렸다는 사실만 인지할 수 있을 뿐이었다.

하지만 전설 속의 이기어검은 분명히 아니었다.

비도가 빠르게 날아가기에 볼 수 없었지만, 한빈의 눈에는 분명히 보였다.

비도의 끝에는 붉은색 줄이 이어져 있었다.

자세히 보니 그 붉은색 줄은 쇠사슬이었다. 일반적으로는 보기 힘든 정교한 쇠사슬.

신기한 것은 날아갈 때는 백색의 비도였는데, 돌아올 때는 붉은색으로 색이 변했다는 점이었다.

아마도 내공의 영향을 받은 듯했다.

촤르륵.

쇠사슬이 감기는 소리와 함께 비도가 자리로 돌아갔다.

마치 붉은 뱀처럼 움직이는 쇠사슬은 보통 물건이 아닌 것처럼 보였다.

아니나 다를까.

한창 대결 중인 양의 가면 무사와 초아가 힐끔 시선을 빼앗겼다.

그때부터였다.

양의 가면을 쓴 무사들을 비롯한 한빈의 일행이 동시에 싸움을 멈추었다.

그들은 약속이나 한 듯 모두 붉은 비도의 사내를 바라봤다.

양의 가면을 쓴 무사들은 일제히 무릎을 꿇고 포권했다.

아무 말 없이 예를 취하는 그들의 모습은 경건해 보이기까지 했다.

소강상태가 되자 초아를 비롯한 한빈 일행도 일제히 한빈의 뒤쪽에 정렬했다.

이제 한빈과 상대 진영이 완벽하게 나뉜 상태.

한빈은 힐끔 초아를 바라보며 쪽지 하나를 건넸다.

쪽지를 받은 초아는 재빨리 내용을 훑어봤다.

순간 초아의 눈이 커졌다.

아무 말도 못 하고 입술을 달싹이는 초아의 모습에, 자청이 물었다.

"무슨 명령이에요?"

"네가 직접 확인해라."

"아, 알았어요. 주군이 죽으라면 죽을 자신도 있어요."

쪽지를 건네받은 자청이 호기롭게 내용을 확인했다.

순간 자청의 눈도 커졌다.

자청은 그 쪽지를 설화에게 건넸다.

쪽지를 확인한 설화도 쪽지와 상대를 번갈아 봤다.

하지만 설화는 초아나 자청과는 달리, 고개를 끄덕였다.

쪽지의 내용은 간단했다.

상황을 봐서 튀라는 간단한 내용이었다.

지금 한빈의 뒤쪽은 해골섬의 눈이 있는 곳.

뒤쪽으로는 바로 강물이 출렁이고 있었다.

아무것도 없는 강 한가운데에 빠진다면 죽은 목숨이지만, 조금만 더 나아가면 한빈의 배가 버티고 있었다.

말하자면 줄행랑?

물론 설화는 절대 줄행랑이라고 생각하지 않았다.

이렇게 도망칠 때는 상대의 소중한 것을 훔친 후가 대부분이었다.

한빈은 상대의 기둥뿌리를 뽑아 놓고 나서야 줄행랑이라는 단어를 쓰곤 했다.

그도 그럴 것이, 어디를 가든지 한빈은 빈손으로 나오지 않았으니까.

설화는 눈을 반짝이며 주위를 둘러봤다.

한빈이 노리는 것이 무엇인지를 미리 알아 두기 위함이었다.

주위를 둘러보던 설화는 고개를 갸웃했다.

한빈이 보고 있는 것은 붉은 비도를 든 사내가 분명했다.

그것도 아니라면 붉은 비도?

설화는 그제야 고개를 끄덕였다.

한빈이 노리는 것이 붉은색의 비도라고 생각했기 때문이다.

한빈이 바라보고 있는 것은 붉은 비도가 맞았다.

물론 노리고 있는 것은 붉은 비도가 아니었다.

한빈이 노리고 있는 것은 상대방의 구결.

입구에는 백색 무복의 사내가 서 있었다.

그의 몸에도 천외천급 구결이 일렁이고 있었다.

그것도 하나가 아닌 두 개.

과연 얻을 수 있을까?

만만치 않을 것이 분명했다.

가면을 쓰고 있지 않은 것으로 봐서는 그가 양 조직의 수장, 즉 선주일 터였다.

한참을 보던 한빈은 자신도 모르게 웃음을 터뜨렸다.

상대는 한빈이 아는 누군가와 닮아 있었다.

"만나서 반가워, 양의 선주."

"나를 아는가?"

"당연히 알지. 내 뒤통수를 친 놈 중 하나인데 모를 수가 없지."

"내가 네 뒤통수를 쳤다고? 혹시 전 선주의 끄나풀인가?"

"하하, 그런 거였군…… . 이제야 알 것 같아."

"그 경박스러운 웃음소리는 그리 유쾌하지 않군."

표정의 변화만으로 그의 주변에서 압도적인 기세가 흘러나왔다.

하지만 한빈은 아무렇지 않게 어깨를 으쓱했다.

"나보고 경박하다고? 많이 컸군, 위지천."

"…… ."

양의 선주, 즉 위지천의 이마에 미세한 주름이 생겼다.

아마도 당황한 것이 분명했다.

외모가 살짝 변하긴 했지만, 상대는 위지약의 오라비인 위지천이 맞았다.

외모가 변했다는 것은 커다란 변화를 의미한다.

그가 자취를 감추었던 기간은 짧지만, 그만큼의 변화를 겪었다는 말이었다.

가만히 보니 얼굴에 변장의 흔적은 보이지 않았다.

그렇다면 환골탈태를 이루었음이 분명했다.

즉 예전의 위지천이 아니라는 말이었다.

한빈은 위지천과 위지약을 번갈아 봤다.

위지약은 놀랐는지 위지천의 부축을 받고 있었다.

한빈은 자신도 모르게 웃음을 흘렸다.

하북에서 위씨세가와의 결전 이후 사라진 세 명 중 둘이 이곳에 모여 있다니.

한마디로 신기한 일이었다.

위지천은 백경의 도움을 받아 하북을 탈출했고, 다시 백경의 선주가 되어서 나타났다.

한빈도 뜻하지 않게 백경의 십이선주 중 하나가 되었으니, 위씨세가 인물들의 변화도 놀랍지는 않았다.

강호라는 세상은 모든 가능성이 열려 있는 곳이니까.

하지만 이렇게 여기서 만났으니, 어찌 보면 하늘의 뜻인 것도 같았다.

한빈이 위지천을 바라보며 웃었다.

"하하, 역시 노름판의 속담이 맞았군. 운 좋은 놈은 자다가도 돈벼락을 맞는다더니!"

"운이 좋다라……. 날 만난 걸 운이 좋다고 할 수 있을까?"

위지천이 손에 잡은 붉은색 비도로 한빈을 가리켰다.

그는 가소롭다는 듯 한빈을 바라봤다.

한빈은 그의 마음을 충분히 이해했다.

위씨세가는 천하 십대세가 중 제일 윗자리에 군림해 있던 세가.

이 때문에 위지천은 항상 기고만장해 있었다.

그런데 지금은 어찌 된 사정인지는 몰라도 천외천이라 불리는 백경의 무리 중 한 조직을 맡고 있었다.

강호의 백대고수도 우습게 보는 천외천에서 몸담고 있으니, 강호가 좁게 느껴질 터였다.

재미있는 것은 위지천이 자신을 알아보지 못한다는 점이었다.

제법 감정이 쌓였을 텐데도 자신을 못 알아본다고?

한빈은 이 상황이 더욱 우스웠다.

슬며시 웃음 짓던 한빈은 자신의 얼굴을 덮고 있는 검댕을 떠올렸다.

아마도 위장 때문에 눈치를 못 채고 있는 것이 분명했다.

상대는 아마, 얼굴도 모르는 일개 무림인은 기어다니는 개미보다도 못하다고 느낄 것.

한빈은 조용히 미소를 머금었다.

이렇게 보니 전생과 바뀐 것은 아무것도 없었다.

물지 않으면 물리는 것이 강호의 이치가 아니던가?

마주 웃고 있던 한빈이 허공을 바라봤다.

새로 얻은 천외천급 초식인 일벌백계를 확인한 한빈은 묘한 웃음을 흘렸다.

이제부터는 취할 건 취하고 버리는 일이 중요했다.

한빈이 버려야 할 것 중에는 자존심도 포함되었다.

전생의 원수이긴 해도, 이미 그 원한은 하북에서 마무리되었다.

이제부터는 철저히 이익만을 생각하면 되었다.

자존심을 지키려다가 목숨을 잃을 필요는 없었다.

한빈은 옆을 힐끔 봤다.

초아를 비롯한 일행이 자신이 전한 내용을 숙지하고 있는지 확인하기 위해서였다.

한빈과 시선이 마주친 일행 모두가 고개를 끄덕였다.

그 모습에 한빈이 안심했다는 듯 한 발 앞으로 나갔다.

"오랜만에 한판 붙지."

"말투를 보니 꼭 나를 아는 것 같군."

"위씨세가를 나보다 더 잘 아는 자는 없을 거라고 장담하네."

"위씨세가를 잘 안다……. 천하의 위씨세가를 잘 안다고 장담하는 놈이라니."

"무가지회의 영웅 진룡소협을 아는가?"

"그 하북팽가의 놈팡이 말인가?"

"놈팡이란 말은 피해 주게나. 그 놈팡이가 바로 나니까."

한빈이 얼굴에 묻은 검댕을 소매로 닦았다.

한빈의 원래 얼굴이 어렴풋이 나타나자, 위지천의 얼굴이 일그러졌다.

강호에서 사라지기 전, 위지천은 눈에 띄는 외모로 유명했다. 그런데 일그러진 그 표정은 마치 악귀 같았다.

그 표정을 본 한빈이 말했다.

"혹시 내게 악감정이 있나?"

"가문의 원수를 보고 기분이 좋다고 하면 이상한 게지."

위지천은 바로 표정을 수습했다.

대신 붉은 비도를 잡은 오른손에 힘을 주었다.

순간 위지천의 하얀 손 위로 푸른 힘들이 지렁이처럼 꿈틀댔다.

그 모습에 한빈이 손을 내저었다.

"워워, 진정하라고. 먼저 뒤통수를 친 건 위씨세가가 아니었나? 사천당가에 십대세가를 모아 놓고 한 번에 처리하려고 했었지. 그때 위씨세가가 성공했으면 어떻게 되었을까?"

"그야 강호가 평화로워졌겠지?"

"강호가 평화로워졌겠다고?"

"그때 뜻대로만 되었다면 강호도 백경도 위씨세가의 손아귀에 있었을 테니까. 자네는 백성들이 가장 힘들 때가 언제인 줄 아나?"

"황제가 되어 본 적이 없으니 나는 모르네."

한빈이 눈을 가늘게 뜨자, 위지천이 말했다.

"모두에게 착하다 칭송받는 황제가 즉위했을 때라네."

"착한 황제라……."

"착한 황제 밑에는 탐관오리들이 들끓기 마련이지. 강호도 마찬가지일세. 이런 평화의 끝에 썩은 무인들만 남은 게지."

"그게 지금의 무림이란 건가? 내 생각에는 그 썩은 물이 위씨세가와 암제 같은데! 안 그런가?"

"그렇게 생각하면 죽여 줘야지."

"날 죽이겠다고? 자네의 뜻은 존중하네."

"흠, 이해가 빠르군."

"원래 강호란 곳이 큰 개가 작은 개를 잡아먹고 그 큰 개는 늑대한테 먹히는 곳이잖아."

"네가 늑대라는 말인가?"

"나는 호랑이지. 늑대를 잡아먹는 호랑이."

"호랑이라……. 변변한 무기 하나 없는 것을 보면 이빨 빠진 호랑이가 분명하군."

"나는 버릇이 한 가지 있네. 바로 이빨을 빼놓고 다닌다는 것이지."

한빈은 피식 웃으며 손가락을 튕겼다.

순간 뒤쪽에 있는 설화가 난감한 표정으로 말했다.

"공자님, 저한테 보따리가 있을 리 없잖아요."

설화의 말대로였다.

그들은 포로로 위장해서 들어오느라 무기를 모두 배에 숨기고 왔다.

지금 한빈의 신호는 무기를 넣어 둔 보따리를 들고 오라는 말이었다.

설화는 난감한 표정으로 양손을 내밀었다.

그때였다.

어디선가 동그란 백색의 물체가 나타났다.

백색의 물체는 원래부터 이곳에 있었는지 아니면 입구를 통해서 들어온 건지 모를 정도로 신출귀몰했다.

백색의 물체는 다름 아닌 보따리였다.

보따리는 빠른 속도로 땅에 붙어서 한빈 쪽으로 향하고 있었다.

움직이는 보따리를 보자 위지천마저 입을 벌렸다.

"허공섭물?"

보따리가 혼자 움직일 수는 없는 법.

다른 이들은 당연히 허공섭물이라고 생각할 수밖에 없었다.

덕분에 스스로 움직이는 보따리를 누구도 막지 않았다.

허공섭물로 움직이는 보따리는 함정일 가능성이 컸다.

마치 어부가 낚시를 하듯 말이다.

사사 삭.

묘한 움직임으로 보따리는 한빈의 앞에 도착했다.

한빈은 아무렇지 않게 보따리를 들었다.

보따리의 아래에는 백호가 눈을 반짝이고 있었다.

"고생했다, 백구야."

한빈의 말에 옆에 있던 설화가 놀라 물었다.

"백구는 언제 데려오신 거예요?"

"배에 탈 때부터 있었지."

"그럼 내릴 때도……."

"그래, 백구는 계속 우릴 지켜보고 있었다."

말을 마친 한빈은 흡족한 표정으로 백호를 쓰다듬었다.

어쩌면 백구는 숨겨 둔 한 수였다. 설화도 몰랐는데 적들이 알 리 없었다.

게다가 짐승의 기척은 사람과 다른 법.

이곳에 짐승 한 마리가 돌아다닌다고 해서 눈여겨볼 사람은 없었다.

더욱이 백구는 영물이 아니던가?

적당한 수법으로 몸을 숨긴 채 한빈을 따라다녔다.

한빈은 눈 깜짝할 사이에 만월과 월아를 챙겼다.

순식간에 무장을 끝낸 한빈을 본 설화가 옆에 섰다.

그 모습에 한빈이 웃었다.

"다 생각이 있으니 너희는 구경만 해."

"혼자 감당하시기에는……."

설화가 주변을 둘러보며 말끝을 흐렸다.

주변의 상황을 보면 아무리 생각해도 역부족이었다.

이전에 한빈이 싸울 때는 미리 판을 깔아 놓곤 했다.

하지만 이번만은 달랐다.

이번에는 아무런 준비 없이 적진에 파고든 상황이었다. 거기에 더해서 적은 구월석이라는 말도 안 되는 재료의 무기를 들고 있었다.

게다가 상대에게는 내공을 쓸 수 없는 상태.

과연 이 대결에서 이길 수 있을까?

그때 한빈이 피식 웃었다.

"딱 한 가지 부탁만 하자."

"뭔데요, 공자님?"

"내게 열 걸음 이상 떨어져라."

"열 걸음이라고요?"

"그 이상 벗어나서 지켜보면 더 좋고."

"알았어요. 초아 언니에게도 이야기할게요."

설화가 진지한 표정으로 고개를 끄덕이자, 바로 뒤에 있던 초아가 말했다.

"설화야, 다 들었거든."

"그럼 됐네요. 참, 백구도 예외는 아니죠?"

"그래."

한빈의 말에 설화가 방긋 웃으며 두 팔을 벌렸다.

순간 백호가 설화의 품에 뛰어들었다.

그 모습을 본 한빈이 한 손에는 월아 그리고 한 손에는 만월을 들고 한 발 앞으로 나왔다.

당당하게 앞으로 나온 한빈의 모습에 위지천이 웃었다.

"마치 유언이라도 남기려는 것 같군."

"유언이 아니라 내 계획을 말해 준 것뿐이네. 그러니 오해는 말게."

"나도 들을 수 있는 계획이라고? 날 놀리는 거군."

"나는 자네를 놀린 적이 없다네."

말을 마친 한빈은 뒤를 돌아봤다.

"청화야, 보따리에서 전낭 좀 부탁한다."

"이거 말이에요? 공자님."

"그래."

한빈이 고개를 끄덕이자, 청화가 그것을 던졌다.

평소 같으면 직접 달려가 전달했겠지만, 지금은 생사결을 앞둔 순간이었다.

한빈이 부탁한 것은 보따리 속에 들어 있던 전낭이었다.

일반 전낭보다 세 배는 커 보이는 가죽 주머니였다.

휙!

한빈은 아무렇지 않게 전낭을 허리에 찼다.

순간 전낭 안에서 철전 부딪히는 소리가 울렸다.

짤랑.

한빈은 자신의 전낭을 가리키며 말했다.

"우리 한 가지 내기를 하는 게 어때?"

"내기라……. 오랜만에 가슴이 뛰는군. 내게 저승길에 노잣돈이라도 달라는 건가? 그게 아니라면 그 전낭 안에 든 돈이 내기 돈이라도 된다는 것인가?"

"이건 이 대결이 끝나면 네게 줄 선물이야. 그리고 나는 저

승길 노잣돈보다는 당장 쓸 군자금이 필요하다고. 그래서 그러는데, 조금 더 큰 걸 걸어 보는 게 어때?"

"자네는 무엇을 걸 텐가?"

"나는 천수장을 걸도록 하지."

"혹시 하북의 천수장 말인가?"

"역시 천수장을 아는군."

"요즘 하북팽가는 몰라도 하북의 명물 천수장을 모르는 이가 있던가?"

위지천이 비아냥거리듯 말했다.

아마도 천수장이 한빈의 것이라는 것을 아직 모르는 듯싶었다.

사실 천수장이 하북팽가 막내 공자의 소유라는 것을 아는 이는 그리 많지 않았다.

묘하게도 강호인들은 하북팽가와 천수장을 연관 지어 생각하지 않았다.

덕분에 천수장은 하북팽가와 관계없이 하북의 명물로 알려져 있었다.

그 소문이 얼마나 과장되었는지, 얼마 전부터는 과거를 보기 위한 서생들이 마을로 몰려들기 시작했다.

천수장에 가까이 있으면 합격한다는 소문이었다.

거기에 더해서 천수장 주변에는 아픈 이들이 아무도 없다는 소문까지 난 상황이었다.

말 그대로 하북의 명물이 된 천수장.

위지천의 표정을 확인한 한빈이 말을 이었다.

"천수장이 내 것이라고 하면 믿겠나?"

"자네 게 아니라도 나는 천수장을 가지려고 했다네."

"참 재미있군. 그럼 위지천, 자네는 무엇을 걸겠는가?"

"자네가 원하는 걸 걸지."

"내가 이기면 이 섬을 갖겠네."

"마음대로 하게."

"그럼 성사된 거로 알지."

말을 마친 한빈은 재빨리 검을 들었다.

순간 한빈의 신형이 방아깨비처럼 튕겨 앞으로 나갔다.

일촉즉발의 수법은 아니었다.

순수한 힘으로 돌진한 것이다.

점점 좁혀지는 간격.

월아가 위지천의 코앞까지 왔을 때였다.

위지천이 비도를 돌리기 시작했다.

위잉. 윙.

단순한 동작처럼 보이지만, 비도에 스며든 기운은 한빈도
예측하지 못할 수준이었다.

기세가 얼마나 흉흉한지 양의 가면을 쓴 위지천의 수하들
도 몇 걸음 뒤로 물러났다.

위지약도 마찬가지였다.

자신의 오라비이긴 하지만, 지금의 초식이 두려운지 주춤거리며 벽에 바싹 붙었다.

그들의 모습은 어찌 보면 당연했다.

주위를 도는 비도 덕분에 위지천의 모습은 흐릿해졌다.

비도는 완벽한 방패가 된 것이다.

아니나 다를까, 한빈이 계산했던 투로(鬪路)는 순식간에 사라졌다.

마치 빗방울이 위지천의 몸 주변을 돌고 있는 느낌이었다.

한빈은 잠시 호흡을 가다듬고 위지천의 초식에 묻어 있는 내공을 음미했다.

그 순간 한빈의 눈이 반짝였다.

"재미있군. 그 초식은 마치 사천당가의 만천화우를 본뜬 것만 같아. 그런데 냄새를 맡아 보면 또 위씨세가 특유의 혈향이 묻어난단 말이지."

한빈의 말은 진심이었다.

위지천의 비도는 하나인데 수천 개의 칼날이 몸을 둘러싼 것만 같았다.

위지천의 몸 주변을 도는 비도를 본 한빈은 몇 걸음 뒤로 물러났다.

한빈이 물러난 만큼 비도의 간격이 넓어졌다.

한빈은 뭔가 생각난 듯 비도가 만들어 낸 원 안으로 아무렇지 않게 월아를 가볍게 찔러 넣었다.

하지만 위지천의 비도와 월아는 부딪치지 않았다.

간격 안으로 들어간 월아는 멀쩡한데, 도리어 간격 밖에 있는 한빈의 소맷자락이 잘려 나갔다.

서걱.

그 모습에 위지천이 비릿한 미소를 지었다.

"그래도 보는 눈이 있어서 다행이군. 그 눈마저 없다면 지루해서 어쩌나 싶었지. 이건 난공불락이라는 위씨세가의 무공이네. 이론으로만 전해져 내려오는 것을 얼마 전 완성했지."

그의 말이 끝나자, 비도가 돌며 그리는 원이 점점 넓어지기 시작했다.

최선의 방어는 공격이라고 하는 무림의 속담과는 정반대의 상황이었다.

위지천은 지금 난공불락이라는 초식으로 방어를 하면서 동시에 공격을 하고 있었다.

난공불락이란 말은 이 초식에 어울리지 않았다.

마치 모든 것을 집어삼킬 듯한 태풍 같았다.

그 태풍이 점점 가까이 오고 있었다.

하지만 한빈이 숨겨 둔 수를 쓰기에는 아직 일렀다.

한빈이 지금 신경 쓰고 있는 것은 벽 뒤의 또 다른 기척이었다.

벽 뒤에 있는 기척의 주인을 알아내기 위해서는 위지천을 쓰러뜨려야 했다.

위지천에게 있는 천외천급 구결을 획득한 후 숨은 기척의 주인을 알아낸다.

여기까지가 한빈의 계획이었다.

계획을 위해서는 한 가지 전제가 있었다.

바로 위지천과의 승부에서 조금도 힘을 빼서는 안 된다는 것이다.

만약 위지천과의 승부에서 승리하더라도, 몸이 만신창이가 된다면 숨어 있는 삼자에 의해 목이 달아날 가능성이 컸다.

그렇다면?

한빈은 지금 승부수를 띄워야 했다.

위지천을 제압하느냐?

아니면 바다로 뛰어들어서 이곳을 빠져나가느냐?

하지만 만약에 여기서 물러난다면?

이미 한빈이 상대에게 자신의 모습을 보여 준 이상, 다음 번 승부도 장담하지 못할 것이었다.

아마도 위지천 일행은 한빈을 위해서 함정을 팔 것이 분명했다.

점점 늘어나는 붉은 비도의 간격.

그냥 가만히 있으면 원을 그리며 다가오는 비도에 몸을 내주어야 할 수도 있었다.

순간 한빈이 슬쩍 입꼬리를 올렸다.

조금씩 물러나던 한빈이 멈췄다.

그러고는 조용히 월아와 만월을 내려놨다.

누가 봐도 결투를 포기한 모습이었다.

휘휘힉.

원을 그리며 다가오는 붉은색 비도는 마치 개작두같이 흉
흉한 기세를 피워 냈다.

조금만 더 있으면 한빈의 몸은 토막이 날 수도 있었다.

그 상황에서 한빈은 조용히 눈을 감았다.

그 모습을 뒤에서 보던 초아는 움찔했다.

이건 누가 봐도 호랑이의 아가리 속으로 머리를 들이미는
꼴이었다.

솔직히 말하면 호랑이의 머리가 문제가 아니었다.

초아가 자신도 모르게 한 발 앞으로 나갔다.

"저러다가 몸이 갈기갈기······."

"괜찮아요, 공자님을 믿어 보세요. 그리고 일단 튈 준비부
터 하세요."

"아니, 저 상태면 몸에 천 갈래 만 갈래 찢어질 거라고."

"잘 보세요. 공자님은 멀쩡해요."

"어딜 봐서 저게 멀쩡한 거야?"

초아가 붉은색 비도의 간격 안으로 들어가는 한빈을 가리

켰다.

초아의 말대로 한빈은 멀쩡해 보이지 않았다.

옷이 비도에 찢겨 이미 넝마가 된 상태였다.

그런데 설화가 괜찮다고 하니, 초아는 어이가 없었다.

아직 무공 수준은 설화보다 초아가 윗줄이었다.

그러니 자신의 눈이 정확하다고 초아는 자신했다.

초아는 재빨리 허리띠를 풀었다.

그 허리띠의 끝에는 갈고리가 달려 있었다.

초아의 허리띠는 평범한 물건이 아니었다. 백경의 인원이 배에서 중심을 잡기 위해 만들어진 도구였다.

초아는 그 허리띠로 한빈을 낚아챌 작정이었다.

그렇게 낚아채서, 한빈이 말해 준 계획대로 바다로 뛰어내리면 무사할 수 있다고 생각했다.

그때 설화가 다시 한빈을 가리켰다.

"잘 보세요, 초아 언니."

"뭘 보라는……."

순간 초아의 눈이 한계까지 커졌다.

비도에 썰린 무복이 넝마가 되고 있지만, 피 한 방울 흘리지 않고 있었다.

초아가 설화에게 물었다.

"대체 어떻게 된 거지? 혹시 주군이 금강불괴를 이루신 건가?"

"그건 아닌 것 같아요. 금강불괴라면 비도를 튕겨 내는 소리라도 들려야 할 텐데, 지금은 그런 소리도 들리지 않잖아요."

설화가 자신의 생각을 말하자 초아의 의문은 더 커졌다.

"그럼 대체 무슨 일이 일어나고 있는 거지?"

"비도를 다 피하신 거죠. 최소한의 움직임으로요."

"주군이 그 정도로 빨리 움직일 수 있다고?"

"언니도 주군의 속도는 알고 있잖아요."

"흠, 나는 이해가……."

초아는 눈을 끔뻑거리며 비도가 만들어 낸 거대한 붉은 원 안으로 들어가는 한빈을 바라봤다.

아무리 봐도 한빈은 비도를 피하는 것 같지 않았다.

그런데 설화의 말대로 한빈은 피 한 방울 흘리지 않고 있었다.

초아의 지식으로는 도무지 판단이 되지 않았다.

드디어 붉은 원이 한빈을 완전히 집어삼켰다.

모두가 마른침을 삼키며 한빈을 바라보고 있을 때였다.

당사자인 한빈은 아무렇지 않게 붉은 비도의 간격 안에서 눈을 떴다.

역시나 한빈의 예상대로였다.

난공불락이라는 비도술 역시 구월석의 힘으로 끌어낸 것이다.

그렇다면 한빈은 어떻게 이리 멀쩡할 수 있을까?

한빈은 눈을 감는 동시에 반박귀진을 펼쳤다.

반박귀진은 용린검법의 초식 중 하나.

이 초식은 용린의 기운을 엷게 둘러서 자신의 기운을 완벽하게 감추는 수법이었다.

그동안 반박귀진은 자신의 경지를 남에게 들키지 않기 위해 혹은 기척을 숨기기 위해 사용했었다.

하지만 이번에는 조금 용도가 달랐다.

그저 몸 주변에 용린의 기운을 흘리기 위해 사용한 것에 불과했다.

용린의 기운과 구월석의 기운은 상극이었다.

한빈은 이 현상을 이용하기로 한 것이다.

용린의 기운을 두르고 있는 한, 구월석의 기운이 피해 갈 것이라고 한빈은 확신했다.

만약에 그 가정이 틀렸다면?

한빈의 몸은 넝마가 되었을 것이다.

하지만 한빈의 도박은 적중했다.

그렇다면 이제부터는 판돈을 긁어 와야 할 때였다.

한빈은 재빨리 고개를 숙였다.

고개를 숙이자 비도의 방향이 바뀌었다.

알아서 한빈을 피해 가고 있는 것이다.

한빈은 위지천이 지금의 상황을 눈치채지 못하길 빌었다.

만약에 여기서 구월석의 기운을 회수한다면?

한빈은 그 즉시 다진 고기가 될 수도 있었다.

지금 중요한 것은 속도!

한빈은 재빨리 전광석화와 구결십팔보를 펼쳤다.

전광석화와 구결십팔보는 용린검법의 초식 중 일부.

덕분에 한빈의 몸을 덮고 있는 용린의 기운은 더욱 짙어졌다.

구결십팔보는 펼쳤지만, 한빈은 천천히 걸어갔다.

신기한 것은 회전하는 비도가 한빈의 몸을 피해 간다는 점이다.

마치 나방이 거미줄을 피하듯 비도는 한빈을 비껴갔다.

점점 좁혀지는 위지천과의 간격.

위지천은 다가오는 한빈을 보고 눈을 크게 떴다.

자신의 초식, 난공불락이 상대에게 조금의 타격도 주지 못하고 있기 때문이다.

위지천은 처음으로 당황했다.

계속 상대를 향해서 나아가던 위지천은 자신도 모르게 뒷걸음쳤다.

자신의 힘을 거스르는 자를 본 것은 이번이 처음이었다.

이상한 것은 손끝에 감각이 전혀 느껴지지 않는다는 점이었다.

마치 칼로 물을 베는 듯 조금의 타격감도 느껴지지 않았다.

문제는 그 이유를 위지천도 모른다는 점이었다.

위지천의 눈에도 원을 그리는 붉은색 비도의 검로가 보이지 않았다.

위지천이 자신의 한계를 넘어선 능력을 사용하고 있었기 때문이다.

붉은색 비도의 이름은 적백도(赤白刀).

선기와 내공을 자유자재로 쓸 수 있는 보물이었다.

붉은색 비도와 그 끝에 이어진 쇠사슬에는 수많은 무인과 선인의 선기와 내공이 녹아들어 있었다.

위지천이 쓰는 힘의 본질은 남에게 도둑질한 기운이란 뜻이었다.

덕분에 위지천은 자신의 능력보다 더 큰 힘을 사용할 수 있었다.

하지만 그 힘의 본질을 깨닫기에는 위지천의 경지가 아직 부족했다.

위지천은 보도를 휘두르는 어린아이와도 같았다.

뒤로 물러나던 위지천은 자신도 모르게 상대의 이름을 외쳤다.

"팽한빈!"

그 이름 석 자 때문에 중원 제일의 무림세가라고 불리던 위씨세가가 무너져 내렸다.

남들은 위씨세가가 금의위에 제압당했다고 알고 있지만,

위지천만은 그날 일을 똑똑히 기억하고 있었다.

자신의 아비인 위상호와 싸웠던 자는 하북팽가의 막내아들 팽한빈이었다.

하북팽가의 막내가 위씨세가의 가주와 싸우는 것도 이상한데, 그가 쓰는 것은 도법이 아닌 검술이었다.

하북팽가에서 신묘한 검술을 쓰는 막내 공자라?

위지천의 머릿속에는 그날의 의문이 점점 쌓여 갔다.

하북팽가의 막내라면 그 지역 제일의 겁쟁이로 소문난, 별볼 일 없는 삼류 무인이었다.

아니 정확히 말하면 삼류 측에도 들지 못할 수도 있었다.

그런데 어떻게?

위지천의 의문이 풀린 것은 바로 구월석의 존재를 알고 나서부터였다.

구월석은 선기와 내공을 흡수하는 기이한 효과가 있는 물건이었다.

덕분에 구월석은 천외천이라 자칭하는 백경과 강호인들에게 금기시되어 그 이름도 희미해진 상태였다.

하지만 구월석을 연구하는 이들이 아직 남아 있었다.

그들은 구월석을 제련하던 대장장이들의 후손이었다.

그들의 목표는 단 하나.

바로 세상에 대한 복수였다.

위지천이 들었던 사정은 이러했다.

백 년 전 무림인들은 정, 사, 마 할 것 없이 모두 구월석의
존재를 없애는 데 동의했다.

구월석의 존재를 세상에서 지우기 위해 그들이 했던 행동
은 매우 악랄했다.

대장장이들이 모여 있는 마을을 불태우고 그들의 가족을
도륙했다.

그 대장장이들은 백 년간 대를 이어 구월석을 연구해 온
자들이었다.

그들의 목표는 단 한 가지.

구월석으로 흡수한 내공을 사용할 수 있는 방법을 알아내
는 것.

구월석이 내공과 선기를 흡수한다고는 하지만, 거기서 그
치면 흉물에 불과했다.

만약 백 년 전 구월석이 강호를 뒤덮었다면, 이 땅에 무공
이 사라졌을지도 모른다는 것이 당시 정의맹주가 남긴 기록
이었다.

힘이 사라진 세상이라?

그런 세상을 싫어하는 자들은 누굴까?

당연하게도 힘을 지닌 자들이었다.

강한 힘을 가진 자일수록 구월석의 존재를 증오했다.

천외천, 마교, 정파, 사파 그리고 황궁까지 말이다.

그들의 계획은 아주 간단했다.

구월석을 제련하는 대장장이들이 모여 사는 구월도를 세상에서 지우는 일.

당시 살아남은 자들은 불과 열 명.

그 후손들은 세상에서 지워진 구월도를 이곳에 복원했다.

그리고 그 후손 중 하나가 위씨세가라는 것은 강호의 누구도 알지 못했다.

그때였다.

붉은 비도의 영역으로 들어온 한빈이 점점 다가왔다.

세 걸음 앞까지 온 한빈이 아무렇지 않게 물었다.

"무슨 생각을 그렇게 하는 거지?"

"네놈의 정체가 무엇이냐? 어째서 구월석의 영향을 받지 않는 거지? 정녕 네가 진짜 하북팽가의 막내라는 말이더냐?"

"하북팽가의 막내는 맞아."

한빈은 너덜너덜해진 소맷자락으로 얼굴을 다시 닦았다.

땀 때문인지 얼굴에 묻혔던 검댕은 완전히 지워지고 본래의 얼굴이 드러났다.

그 모습에도 위지천은 고개를 갸웃했다.

"못 믿겠군."

말을 마친 위지천은 비도를 더욱 빨리 돌렸다.

위지천은 아무리 생각해도 이해할 수 없었다.

자신의 비도를 상대가 피한다는 경우의수는 없었다.

그런데 상대는 비도의 궤적을 완벽하게 피하고 있었다.

위지천은 눈에 힘을 주었다.

지금 벌어지는 일을 파악하기 위해서는 세심한 관찰이 필요했다.

상대의 움직임을 보던 위지천의 눈이 커졌다.

위지천은 위화감의 정체를 드디어 알아차렸다.

상대가 비도를 피하는 것이 아니라 비도가 알아서 궤적을 바꾸고 있었다.

그때 한빈이 말을 이었다.

"본래 십 년이면 강산이 변한다는 강호 속담이 있지."

"우리가 안 본 지 십 년이나 되었던가?"

위지천이 침착하게 상대하자 한빈이 다시 말을 이었다.

"사람은 강산보다 더 쉽게 변하거든. 일 년 아니 반년만 안 봐도 이렇게 변한다니까? 자네나 나처럼!"

말을 마친 한빈이 갑자기 달려들었다.

동시에 위지천이 뒤로 물러났다.

한빈이 달려든 간격만큼 재빨리 뒤쪽으로 물러나는 위지천.

한빈은 그 틈을 놓치지 않고 그대로 위지천의 품으로 파고들었다.

위지천의 반걸음 안쪽은 마치 태풍의눈과도 같았다.

쉴 새 없이 주변을 도는 붉은 비도가 태풍이라면, 안쪽은 그 영향을 전혀 받지 않았다.

예상대로 안쪽은 태풍의눈이 맞았다.

거센 태풍 속의 눈은 고요하기 짝이 없었다.

구월석의 영향마저 희미해졌다고 봐도 될 것 같았다.

한빈이 안쪽으로 파고들자, 위지천은 비도를 회수했다.

순간 한빈이 만월을 뻗었다.

좁은 공간 안에서는 단검이 효율적이었다.

쭉 뻗은 한빈의 만월이 위지천의 옆구리를 파고들었다.

푹!

순간 위지천이 놀란 듯 눈을 크게 떴다.

"어, 어떻게…….."

위지천의 놀람은 당연했다.

위지천은 구월도의 대장장이들이 만든 갑옷을 입고 있었다.

그 갑옷은 구월석이 흡수한 상대의 내공을 자유자재로 쓸 수 있게 해 줬다.

그들은 그 갑옷을 월갑이라고 불렀다.

월갑을 입고 나면서부터 구월석으로 흡수한 상대의 내공을 자유롭게 쓰게 된 위지천.

덕분에 이제까지는 그의 적수가 없었다.

"어, 어떻게 월갑을 뚫었지?"

"혹시 모순이라고 아나? 뭐든 뚫을 수 있는 창과 모든 공격을 막을 수 있는 방패. 네 갑옷은 둘 중 뭐라고 생각하나?"

"……."

위지천은 아무 말도 못 했다.

그 모습에 한빈이 고저 없는 목소리로 말을 이었다.

"둘 다 아니야. 뭐든 막을 수 있는 방패도 바람을 막을 순
없지. 그리고 뭐든 꿰뚫을 수 있는 창도 물을 뚫지는 못하지."

"헛소리."

"내가 네 갑옷을 뚫었잖아."

말을 마친 한빈이 만월을 뺐다.

동시에 위지천이 자리에 쓰러졌다.

털썩.

하지만 한빈은 위지천에게는 눈길조차 주지 않았다.

그저 조용히 허공을 올려다볼 뿐이었다.

[용안으로 구결을 확인합니다.]

[천외천급 구결, 중(中)을 획득했습니다.]

[천외천급 : 오(五), 중(中)]

구결을 확인한 한빈은 입맛을 다시며 위지천을 바라봤다.

그것도 잠시, 한빈은 고개를 휘휘 저었다.

위지천에게 보이던 구결은 두 개.

힘을 잃은 위지천의 몸에서 남은 한 개의 구결이 흐려지고
있었다.

물론 위치천의 눈빛은 살아 있었다.

위지천은 이를 악물고 한빈을 바라봤다.

한빈에게 중요한 것은 위지천의 의지가 아니었다.

그에게 남은 구결이 없다면, 위지천은 보통의 적이었다.

한빈은 위지천의 옆구리 상처를 살폈다.

그것도 잠시, 한빈은 월아를 높이 들었다.

위지천의 옆구리에서는 피가 멈추고 있었다.

한빈이 회복의 구결을 사용해서 상처를 치료하듯, 위지천
도 회복하고 있었다.

아마도 월갑이라 불리는 물건 덕분인 듯했다.

한빈은 자신도 모르게 입맛을 다셨다.

위지천을 바라보던 한빈은 만월은 다리에 숨기고 월아를
들었다.

사실 위지천의 월갑을 뚫은 것은 순수한 한빈의 힘이었
다.

내공은 조금도 쓰지 않고 순수한 힘으로만 상대의 월갑을
파괴한 것이다.

아마도 위지천은 이런 경우는 생각도 못 한 것 같았다.

주인이 쓰러지자, 월갑은 더 이상 힘을 발휘하지 않는 듯
했다.

"이제는 마무리해야 할 때!"

순간 한빈의 주변에 청아한 향기가 흘러나왔다.

바로 용린의 기운 때문이었다.

'진룡파혼검.'

한빈은 이번에는 용린검법의 초식을 쓰려고 했다.

진룡파혼검의 단점은 진기를 모을 동안 걸리는 시간.

하지만 지금은 누구도 한빈과 위지천 사이를 방해하지 않고 있었다.

둘의 대결을 지켜보던 위지약이 천천히 자신의 오라비를 향해 걸어갔다.

하지만 발길이 떨어지지 않았다.

상상도 못 할 기세 때문이었다.

분명히 청아한 기운이 한빈의 주변에 흘러나오고 있지만, 그 청아한 기운은 이빨을 드러내고 있었다.

월갑을 입은 위지약은 한빈의 몸에 흐르는 기운을 어렴풋이 인지할 수 있었다.

그 기운은 단전이 아닌 온몸에 퍼져 있었다.

"대체……."

그때 양의 가면을 쓴 무사가 위지약을 잡았다.

"조장, 가지 마십시오."

"오라버니가 위험하다. 놔라."

"제가 막겠습니다."

"아니다. 내가 막겠다."

수하를 뿌리친 위지약이 검을 들고 위지천에게로 했다.

그때였다.

위지약의 앞을 누군가 막아섰다.

"공자님을 방해하지 마세요. 청화야."

설화가 힐끔 청화를 바라봤다.

순간 청화가 위지약을 잡았다.

청화가 위지약을 잡자, 설화가 우혈랑검을 들었다.

그러고는 위지약을 그었다.

사사삭.

순간 위지약을 덮고 있던 월갑이 흘러내렸다.

"이건 내가 챙길게요, 설화 언니."

청화가 그 월갑을 보따리에 알뜰하게 챙길 때였다.

섬 전체를 집어삼킬 것 같은 기세가 한빈의 검에서 뿜어져
나왔다.

파아악!

위지약은 자신도 모르게 눈을 감았다.

자신의 오라비가 죽는 것을 차마 바라볼 수 없었기 때문이
다.

세상을 집어삼킬 듯한 기운과 함께 사방은 먼지로 뒤덮였
다.

이어진 것은 불쾌한 고요함.

고요함은 풀벌레 소리도 용납하지 않았다.

얼마나 지났을까?

먼지가 조금씩 가라앉고 드러난 한빈과 위지천의 모습에, 모두가 눈을 크게 떴다.

위지약은 고개를 갸웃했다. 그녀의 오라비인 위지천은 무릎 꿇었던 자세 그대로였다.

생각지도 못한 엄청난 기세에 비하면 아무 일도 일어나지 않았다.

그때였다.

한빈이 천천히 위지천을 지나치자, 위지천이 그대로 쓰러졌다.

미약한 호흡이 이어지고는 있지만, 위지천의 상태는 위태로워 보였다.

쓰러진 자신의 오라비를 보던 위지약이 입술을 깨물었다.

"이 악마 같은 놈. 승부는 이미 났거늘……."

"승부가 났다고? 과연 너 같으면 적을 살려 뒀을까?"

"……."

"이게 지금 비무라고 생각해? 아니면 장난? 이건 엄연한 전쟁이다."

"전쟁에서도 항복한 적장의 목을 베지는 않는 법이다."

"누가 항복했는데? 네가? 아니면 네 오라비인 위지천이? 과연 누가 항복을 했을까?"

"악마 같은 놈!"

위지약이 악을 쓰며 한빈을 노려봤다.

그 모습에 한빈이 어깨를 으쓱했다.

"그런데 나는 정신을 잃은 자의 목을 벨 만큼 악인은 아니야."

"왜 거짓말을 하느냐. 정신을 잃은 내 오라비를 벤 것이 네 놈이 아니면 또 누구란 말이냐?"

"승부가 난 이후 나는 네 오라비에게 손끝 하나 대지 않았어."

말을 마친 한빈은 손가락을 튕겼다.

딱!

그 소리에 설화와 청화가 민첩하게 움직였다.

청화는 재빨리 달려와서 쓰러진 위지천의 갑옷을 벗기고 마혈을 제압했다.

동시에 설화는 위지약의 마혈을 눌렀다.

순간 위지약이 힘을 잃고 꼬꾸라졌다.

그때부터였다.

순식간에 위지천의 수하들도 초아와 자청에게 제압당했다.

그들은 눈 깜짝할 사이에 무장해제 당한 채 밧줄에 꽁꽁 묶였다.

그동안 한빈은 조용히 벽을 노려봤다.

사실 한빈의 진룡파혼검은 위지천을 향한 것이 아니었다.

한빈의 진룡파혼검은 벽 너머 상대를 불러내기 위함이었다.

하지만 어떤 이유에서인지 몰라도 뒤쪽 석벽이 진룡파혼검을 견딘 것이다.

한빈은 저 뒤에 있는 자가 진룡파혼검의 기운을 막았다고 예상했다.

진룡파혼검의 기운을 막을 수 있는 사람은 강호에서는 딱 세 명밖에 없었다.

그 셋은 무림삼존이었다.

무림삼존을 제외하고는 백경의 선주만이 막을 수 있는 것이 진룡파혼검의 기운이었다.

승천하는 용은 자신을 막는 자의 혼까지 먹어 치우는 법.

이것이 진룡파혼검의 기운이었다.

그런데 그 기운을 막았다고?

더 황당한 것은 분명히 이쪽의 사정을 알고 있을 텐데 나서지 않고 있다는 점이었다.

자만심이라고 해야 할까? 자신감이라고 해야 할까?

한빈이 피식 웃었다.

이로써 찝찝했던 이유가 밝혀졌다.

이제는 그 상대의 가면을 벗기고 정체를 밝히는 일만 남았다.

천천히 벽을 향해 다가가던 한빈이 다시 월아를 잡았다.

월아를 잡은 한빈은 한 번 더 진룡파혼검의 초식을 준비했다.

진룡파혼검을 떠올리자마자 온몸에 퍼져 있던 용린의 기운이 다시 꿈틀거리기 시작했다.

그 기운이 한빈의 심장을 거쳐 양팔로 자연스레 휘몰아쳤다.

휘몰아치는 기운은 양팔의 경맥을 지나 월아에 맺혔다.

검신에 맺히는 영롱한 용린의 기운을 보며 한빈은 미소 지었다.

자세히 보니 그 기운이 마치 여의주를 닮았다는 생각이 들어서였다.

월아의 검 끝에 맺힌 작은 구슬이 점점 크기를 키워 나갔다.

그것도 잠시, 어느 정도 크기가 되자 작은 여의주를 닮은 용린의 기운이 눈이 부시도록 빛을 냈다.

순간 용린의 기운이 다시 벽을 향해서 날아들었다.

쏴악!

그때였다.

벽을 향해 날아가던 진룡파혼검의 기운이 갑자기 되돌아왔다.

진룡파혼검을 익히고 나서 처음 있는 일이었다.

진룡파혼검의 초식은 어찌 보면 자연재해와도 같았다.

그런데 그것을 다시 되돌려준다고?

말하자면 이것은 이화접목의 묘리였다.

재미있는 것은 날아온 진룡파혼검의 기운이 한빈이 쏟아 낸 것과는 약간은 다르다는 점이었다.

진룡파혼검의 초식은 해일처럼 한빈의 몸을 덮쳐 왔다.

한빈은 재빨리 용린검법의 초식을 떠올렸다.

천외천급 초식을 보던 한빈은 재빨리 천급 초식으로 시선을 옮겼다.

이화접목이라?

그렇다면 '눈에는 눈, 이에는 이'라는 강호의 속담을 따라야 할 터였다.

한빈은 잽싸게 역지사지를 떠올렸다.

역지사지는 자승자박보다 더 높은 경지의 이화접목 수법이었다.

하루에 한 번 사용할 수 있는 용린검법의 초식으로, 공격의 네 배를 돌려줄 수 있었다.

즉, 지금 날아온 기운을 네 배로 갚아 줄 수 있다는 말이었다.

거기에 더해서 상대방의 초식마저 분석이 가능한 초식이었다.

'역지사지!'

순간 밀려오던 기운이 눈 녹듯 한빈의 주변에서 없어졌다.

물론 진룡파혼검의 기운이 사라진 것이 아니라 튕겨 나간 것이었다.

한빈이 튕겨 낸 진룡파혼검의 기운은 몇 배 더 강해져 벽을 향해 날아갔다.

어찌나 그 기운이 흉흉한지 성난 용의 형상이 어렴풋이 보일 정도였다.

그 흉악스러운 기운에 설화가 외쳤다.

"다들 뒤로 피하세요!"

"설화, 너도 피해!"

초아가 목이 터지라고 외쳤다.

초아는 백경의 선주인 백을 모시던 조장이었다.

하지만 이토록 흉악한 기운은 본 적이 없었다.

사파의 기운도 아니고 마교의 기운도 아니었다.

지금 일렁이는 기운은 이성을 상실한 용이 세상을 휘저어 놓은 듯 흉흉해 보였다.

초아는 그 기운이 한빈의 기운만은 아니라는 것을 알고 있었다.

하지만 초아는 지금의 상황이 이해되지 않았다.

지금 한빈의 모습을 보면 벽을 보고 혼자 초식을 펼치는 것 같았다.

이런 중요한 때 벽을 보고 초식을 펼친다고?

"혹시 주화입마?"

"아닐 거예요. 저는 저 벽 뒤에서 기세가 느껴져요."

설화가 작게 속삭이자, 초아가 눈을 크게 떴다.

"저 벽 뒤에 누가 있다는 거지?"

"그것까지는 몰라요."

"나도 모르는 기운을 네가 알다니……."

초아는 설화를 보고 말끝을 흐렸다.

누가 봐도 무공의 경지는 초아가 한 수 위였다.

그런데 기감에서 뒤처진다니?

초아는 위기의 상황 속에서도 묘한 경쟁심을 느꼈다.

하지만 설화의 말이 사실이라면 불행 중 다행이었다.

한빈이 주화입마에 든 것이 아니라는 말이니까.

하지만 한빈의 표정을 보자 불안해졌다.

언제나 여유 있던 한빈의 얼굴이 지금만큼은 굳어 있었으니까.

초아가 보던 대로 한빈은 표정을 굳히고 있었다.

그만큼 지금은 심각한 상황이었다.

한빈은 상대방의 초식을 알아낼 수 있었다.

상대의 초식은 '명경심법(明鏡心法)'이었다.

명경지수는 하나의 초식이면서도 그 근본은 심법이었다.

명경심법은 곤륜파의 무공으로, 무당의 양의심법과 함께 도가의 이대심법으로 자리 잡은 무공이었다.

명경심법의 근본은 이화접목.

상대의 기운을 고요한 호수와 같은 자신의 상태를 이용해서 되돌려 보내는 심법이었다.

문제는 여기에서 비롯되었다.

명경심법은 행하는 무인의 상태에 따라 펼칠 수 있는 그릇이 달랐다.

여기서 그릇이란 되돌려 보낼 수 있는 내공의 양과 횟수를 뜻한다.

상대의 내공이 남아 있는 한, 언제든 한빈의 초식을 맞받아칠 수 있다는 말이었다.

한빈이 되돌린 진룡파혼검의 기운이 다시 나올 차례.

한빈은 힐끔 뒤를 돌아봤다.

아무리 생각해도 이번은 피하는 게 맞았다.

하지만 한빈의 뒤에는 일행이 있었다.

한빈이 여기서 피한다면 일행뿐 아니라 인질로 잡은 위지약, 위지천 남매도 흔적도 없이 사라질 수 있었다.

한빈은 조용히 품 안을 뒤졌다.

그러고는 환약을 하나 삼켰다.

이 환약은 진명 공주, 즉 흑월에게 얻었던 흑경(黑鏡)이라는 환약이었다.

이 환약은 상대의 힘을 증폭시켜서 돌려주는 효과를 내며, 이를 사용하기 위해서는 그 힘을 견딜 수 있는 육체를 지녀야 한다고 했다.

이화접목의 수법과 완벽하게 일치하는 신단이었다.

문제는 이 신단을 복용하기 위해서는 거기에 맞는 육체를 지녀야 한다는 것.

　진명 공주가 흑월로 위장하여 신의를 찾아다녔던 것도 이 약의 부작용을 해결하기 위함이었다.

　하지만 한빈은 이 약을 아무런 부작용 없이 사용할 수 있었다.

　한빈은 신의의 의술보다 더 뛰어난 기사회생의 묘용을 언제든 발휘할 수 있었으니까.

　그때부터였다.

　한빈은 상대방과 벽을 하나 두고 내공 대결을 벌였다.

　벽을 사이에 두고 오가는 기운은 조금도 수그러들지 않았다.

　얼마나 지났을까.

　되돌아오던 기운이 멈췄다.

　순간 한빈도 조용히 검을 거뒀다.

　한빈은 지금 상대가 포기한 것이 아님을 알고 있었다.

　단지 지쳤을 뿐이라고 생각했다. 마치 자신처럼 말이다.

　검을 거둔 한빈은 재빨리 용린검법의 초식을 펼쳤다.

　'기사회생.'

　순간 넝마가 되었던 혈맥이 거의 복구되었다.

　한빈은 조용히 벽을 바라봤다.

　그러고는 발을 굴렀다.

쿵!

순간 뒤쪽의 벽이 허물어졌다.

우르릉. 쾅.

만년한철처럼 두껍게만 느껴졌던 벽에서 흙더미가 떨어져 내렸다.

그렇게 견고해 보이던 벽은 지금 부러진 수수깡처럼 아무 힘도 없었다.

그때 휑하게 뚫린 벽 너머에서 웃음소리가 흘러나왔다.

"클클."

뻥 뚫린 벽 뒤는 마치 먹을 칠해 놓은 것처럼 한 점의 빛도 없었다.

한빈이 바닥에 굴러다니는 짱돌을 던졌다.

'백발백중!'

휙!

짱돌이 빨려 들어가듯 벽 너머로 넘어갔다.

순간 안쪽에서 한빈이 던졌던 짱돌이 그대로 다시 날아왔다.

한빈이 던졌던 것과 비교하면 돌아오는 짱돌은 곱절의 기세로 날아왔다.

날아온 짱돌을 본 한빈이 아무렇지 않게 고개를 까닥했다. 최소한의 움직임이었다.

순간 짱돌은 한빈의 머리 옆을 스치고 반대편 벽에 박혔다.

핑!

한빈은 조용히 안쪽을 바라보며 손가락을 까닥였다.

순간 어둠 너머에서 웃음소리가 흘러나왔다.

"클클. 제법이군."

"웃지만 말고 어서 나오시죠, 선배."

"내가 선배라는 걸 어떻게 알았나?"

"내가 아는 사람 중에 그렇게 노인 같은 목소리를 지닌 자는 없으니까요. 위 대협!"

"클클, 내 이름까지 알고 있군."

말을 마친 그가 어둠 속에서 손뼉을 쳤다.

짝. 짝!

순간 어두웠던 구멍에서 빛이 흘러나왔다.

그곳에는 한빈의 예상대로 위지천의 숙부인 위상만이 앉아 있었다.

위상만은 하북에서의 혈투 이후 도망쳤던 위씨세가의 인물 중 가장 어른이었다.

위지약에 위지천까지 있는 이 섬에 그가 없다는 것은 어찌 보면 이상한 일이었다.

그가 앉아 있는 곳은 제법 화려해 보였다.

한눈에 봐도 보통 의자가 아니었다.

위상만이 앉아 있는 의자는 구월석으로 만들어진 것이 분명했다.

한빈은 눈을 가늘게 뜨고 위상만을 바라봤다.

순간 한빈의 눈이 커졌다.

위상만이 앉은 의자 옆에는 두 명의 무인이 정좌한 상태로 눈을 감고 있었다.

두 무인의 목에는 쇠고리가 걸려 있었으며 그 고리는 의자와 연결되어 있었다.

그 모습을 보던 한빈은 자신도 모르게 신음을 흘렸다.

쇠사슬에 묶인 두 무인 중 한 명의 얼굴이 눈에 익었기 때문이다.

"사부님?"

그는 다름 아닌 무제자 홍칠개였다.

사부인 홍칠개가 적에게 잡혀 있다고?

요즘 연락이 뜸해서 이상하다고는 생각했었다.

홍칠개는 적이 가지고 있는 패 중 하나일 터였다.

위상만이 비릿한 미소를 지었다.

"그래, 사부는 알아보는군. 그럼 이자도 알겠군?"

위상만이 가리키는 이는 승려 복장을 하고 있었다.

"그 사람이 누군데?"

한빈이 시큰둥한 표정으로 물었다.

구월석으로 만든 태사의에 앉은 위상만이 비릿한 미소를 피워 냈다.

"무서움을 모르는 하룻강아지 같은 놈이로군."

"모르니까 물어본 거야."

한빈이 고개를 갸웃하자 위상만이 한숨을 쉬었다.

"휴, 생각해 보니 인질은 한 명이면 충분할 것 같군."

"인질이라고?"

"어서 검을 내려놓고 네 사부께 인사를 드리거라."

위상만이 홍칠개를 가리켰다.

순간 한빈은 눈을 가늘게 떴다.

진짜 홍칠개인지를 확인하기 위해서였다.

한빈이 가장 먼저 확인한 것은 홍칠개의 턱선이었다.

턱선을 따라 불규칙적으로 난 수염은 변장하기에 가장 어려운 부분이었다.

한참을 보던 한빈이 고개를 끄덕였다.

"홍칠개 어르신이 확실하군."

"애송이가 그나마 보는 눈은 있어 다행이구나."

"수염에 붙은 밥풀까지 정성을 들일 사람은 없으니까! 홍칠개 어르신 본인이 맞겠지."

한빈이 홍칠개의 수염을 가리키자, 위상만이 눈을 빛냈다.

"확인했으니 말이 쉬워지겠군. 네 사부를 살리고 싶다면 어서 이것을 차거라."

위상만은 쇠사슬이 달린 수갑 하나를 던졌다.

휙!

수갑이 한빈의 얼굴을 향해서 날아왔다.

한빈은 살짝 고개를 틀었다.

위상만이 던진 수갑이 한빈의 옆을 스치고 지나가 벽에 박혔다.

팍!

허무하게 빗나간 수갑을 본 위상만이 얼굴을 구겼다.

"사부를 살리고 싶지 않으냐? 왜 피한 거지?"

"너무 세게 던졌잖아. 그렇게 세게 던지면 본능적으로 피하는 건 당연하지 않아?"

한빈은 힐끔 뒤를 돌아봤다.

수갑의 한쪽 쇠사슬이 벽에 박혀서 대롱거리고 있었다.

그 수갑은 이전에 착용했던 구월석이 아니었다.

가만히 보니 윤기가 나는 것이, 더 정제된 구월석으로 만든 것이 분명했다.

한빈은 눈을 가늘게 떴다.

저 수갑을 차라는 것을 보면 위상만은 자신의 힘을 겁내고 있는 것이 분명했다.

용린의 힘은 구월석으로는 흡수할 수 없는 힘이었다.

아마도 위상만은 이런 기운을 처음 봤을 터.

혈후가 당했던 것을 보면, 구월석은 백경의 선기까지 모두 흡수할 수 있었던 것 같았다.

한빈은 위상만이 자신의 힘을 시험하려고 하고 싶어 한다는 것을 확신했다.

표정을 구긴 위상만이 입술을 달싹였다.

그러더니 다시 수갑 하나를 던졌다.

수갑이 쨍그랑 소리를 내며 한빈의 발밑에 떨어졌다.

위상만이 턱짓했다.

그 수갑을 차라는 뜻이었다.

갑작스러운 상황에 모두가 당황했다.

뒤쪽으로 물러나 있던 설화는 재빨리 한빈의 옆에 섰다.

만일을 대비해서 우혈랑검을 오른손에 들고 상황을 주시
했다.

상황을 주시하던 설화가 눈을 크게 떴다.

진짜 무제자 홍칠개였다.

홍칠개는 가끔 당과를 사 주기에 설화가 잘 따르는 인물
중 하나였다.

"어쩌다가……."

설화는 입술을 달싹였다.

당장이라도 뛰어가서 구하고 싶은 마음이었지만, 한빈의
지시가 먼저였다.

설화는 슬쩍 한빈의 표정을 확인했다.

순간 설화의 눈이 커졌다.

한빈의 얼굴에는 감정이 전혀 없었다.

한빈이 바라보고 있는 것은 홍칠개가 아니었다.

그가 바라보고 있는 것은 오로지 위상만이었다.

적에게 조금의 시선도 떼지 않는 한빈의 모습에, 설화는 본능적으로 홍칠개를 살폈다.

아무래도 홍칠개는 자신이 구해야 할 것 같았다.

설화는 이전에 위지천과 위상만의 무공을 똑똑히 보았다.

자신이 어찌할 수준의 힘이 아니었지만, 반드시 홍칠개를 구하고 싶었다.

순간 설화의 어깨가 바르르 떨렸다.

두려움이 온몸을 덮친 것이다.

하지만 해야만 하는 일이라 생각했기에, 이를 악물었다.

홍칠개를 향해 막 달려가려던 그때, 설화의 어깨를 한빈이 잡았다.

순간 설화의 떨림이 멈추었다.

말은 하지 않았지만, 모든 것을 맡기라는 한빈의 뜻이 전해졌다.

하지만 한빈의 얼굴에는 감정이 담겨 있지 않았다.

설화는 자신도 모르게 마른침을 삼켰다.

그때 한빈이 한 걸음 앞으로 걸어 나갔다.

그 앞에는 수갑이 떨어져 있었다.

한빈은 그 수갑을 발로 찼다.

팍!

발로 찬 수갑이 위상만에게 날아갔다.

그 수갑을 잡으려던 위상만이 고개를 돌려 피했다.

수갑은 위상만의 뒤쪽 벽에 박혔다.

그 모습에 한빈이 말했다.

"이제 비겼군."

"사부를 구할 생각이 없나 보군. 그렇다면 할 수 없지……."

위상만이 눈을 빛내자, 한빈이 손을 들었다.

"잠깐만!"

"왜 그러지? 마음을 바꿨는가? 마음을 바꿨으면 뒤에 있는 수갑을 차고 내 앞에 무릎을 꿇어라. 그 길만이 사부를 살리는 길이다."

위상만이 뱀처럼 눈을 빛내자, 한빈이 고개를 저었다.

"잠시만, 나도 말 좀 하자고."

"무슨 말을 하고 싶은 게냐?"

"왜 자꾸 재촉해. 원래 바둑을 두더라도 시간은 공평해야 하는 법이잖아."

말을 마친 한빈은 품속을 뒤졌다.

그러고는 문서 하나를 꺼내 펼쳤다.

절체절명의 위기 속에서 보인 한빈의 행동은 누가 봐도 이상했다.

뒤쪽에서 마른침을 삼키던 설화가 눈을 크게 뜰 정도였다.

설화가 다른 이들은 듣지 못할 작은 목소리로 속삭였다.

"계약서는 왜 꺼내신 거예요? 지금은 계약서를 꺼낼 때가 아닌 것 같은데요."

"직접 봐."

"앗, 그건 홍칠개 어르신과의……."

설화가 눈을 크게 뜨자 한빈이 말했다.

"지금이 이 계약서가 필요할 때지."

"아무리 그래도 그건……."

설화가 당황한 듯 시선을 돌렸다.

갑작스러운 그들의 모습은 위상만의 주의를 끌 만했다.

위상만이 미간을 좁히며 외쳤다.

"만약에 조금이라도 움직인다면 네 사부의 목숨은 없을 줄 알아라!"

말을 마친 위상만이 홍칠개 쪽을 바라봤다.

위상만이 조용히 검을 뽑았다.

스릉.

모든 빛을 빨아들일 것 같은 칠흑의 검신이 모습을 드러냈다.

누가 봐도 구월석으로 만든 검이 분명했다.

그는 검을 홍칠개의 목에 갖다 댔다.

검은색 검신은 홍칠개의 목을 단번에 베어 버릴 듯 흉포한 기세를 뿜어냈다.

하지만 홍칠개의 눈빛에는 조금의 변화도 없었다.

마치 실혼인같이 멍한 눈으로 한 곳을 바라보고 있을 뿐이었다.

그때였다.

한빈이 계약서를 위상만에게 날렸다.

'백발백중!'

획!

날아오던 계약서를 향해 위상만이 검을 뻗었다.

슝!

거친 파공성과 동시에 계약서가 뱀처럼 휘었다.

살아 있는 생물처럼 검을 피해 위상만의 얼굴 앞으로 날아오는 계약서.

계약서를 암기처럼 날릴 줄은 몰랐던 위상만의 눈이 커졌다.

이상한 것은 계약서에 어떤 내공도 담겨 있지 않았다는 점이다. 물론 살기도 느껴지지 않았다.

하지만 얼굴을 향해 암기처럼 날아오는 계약서에 당황하지 않을 수 없었다.

위상만은 튀어 오른 뱀을 낚아채듯 계약서를 잡았다.

탁!

계약서를 잡은 위상만이 고개를 갸웃했다.

"이게 뭐지?"

"그건 홍칠개 사부와 내 계약서야."

"이걸 왜 내게……."

"거래 전에 미리 명확하게 해 두고 싶은 부분이 있어서."

"거래라?"

"그래, 우리 둘 사이의 거래!"

"이 계약서를 왜 내가 봐야 하지?"

"기간을 잘 봐!"

"기간이라……."

"홍칠개 어르신과 내 계약은 한참 지났어. 즉, 그분은 내 사부가 아니라는 점이야. 그런데 인질의 가치가 있을까?"

"허풍이 심하군. 살리고 싶지 않다면 네가 이런 수고를 할까?"

위상만이 검을 살짝 움직였다.

순간 홍칠개의 목에서 선혈이 주르르 흘러내렸다.

하지만 한빈은 꿈쩍도 하지 않았다.

"피보다 진한 게 사부의 정이고 그보다 진한 게 계약서로 맺어진 관계라는 걸 너는 모르는 건가?"

말을 마친 한빈은 월아를 기분 좋게 돌렸다.

휙!

허공에서 호선을 그리며 한 바퀴 돈 월아는 마치 산수화 속의 작은 달 같았다.

한빈은 몇 번씩 달을 그리며 위상만을 향해 걸어갔다.

마치 산책이라도 나온 듯한 한빈의 모습에, 위상만이 미간을 꿈틀댔다.

그 모습을 본 한빈은 슬쩍 입꼬리를 올렸다.

이로써 칼자루는 자신의 손에 넘어왔다.

한빈은 지금 위상만의 상태를 어렴풋이 알고 있었다.

벽을 가운데에 두고 상대한 위상만은 백경의 선주와 견줄 정도로 대단했다.

하지만 그건 조금 전까지의 일이었다.

조금 전 상황은 한마디로 양패구상(兩敗俱傷)이라고 할 수 있었다.

벽 뒤에서 절대자의 기세를 뿜어내던 자가 인질을 잡고 협박한다고?

있을 수 없는 일이었다.

위상만이 원하는 것이 뭔지는 몰라도, 한빈은 그의 장단에 놀아나 줄 생각이 조금도 없었다.

그리고 지금 한빈이 말한 계약서의 내용은 사실이었다.

홍칠개와 한빈은 계약으로 맺어진 임시 사제 관계였다. 물론 그 이상의 정이 없는 것은 아니다.

하지만 그 정을 들키는 순간 적의 혀에 놀아난다는 것을 한빈은 알고 있었다.

정을 끊고 적의 목을 치는 것은 아수라장에서 살아남기 위한 본능 중 하나.

한빈은 변함없는 표정으로 한 손으로 월아를 높이 들었다.

그 상태에서 왼손으로는 위상만의 얼굴을 가렸다.

그때였다.

한빈이 손가락을 튕겼다.

딱!

그 소리에 위상만이 반응했다.

한빈에게 시선을 고정한 위상만은 쥐고 있던 검으로 홍칠개를 그었다.

움직이지 못하는 홍칠개의 목을 베는 것은 눈 감고도 가능한 일이었다.

순간 위상만의 눈이 커졌다.

손에 아무런 감각도 느껴지지 않았기 때문이다.

위상만은 힐끔 옆을 보았다.

"대체 어디에……."

위상만이 이렇게 당황하는 이유는 하나였다. 홍칠개가 자리에서 사라진 것이다.

방금까지 분명히 자리에 있었던 홍칠개는 흔적도 없이 사라져 버렸다.

"대체 어디로 간 것이냐!"

위상만은 그제야 바닥이 꺼져 있음을 깨달았다.

홍칠개가 앉아 있던 자리에는 사람이 들어갈 정도의 구멍이 나 있었다.

그때였다.

팡!

반대쪽에 구멍이 뚫렸다.

홍칠개와 함께 구월석으로 만든 사슬에 묶여 있던 이가 사라졌다.

인질 두 명이 모두 사라진 것이다.

순간 한빈의 월아가 위상만의 가슴으로 파고들었다.

위상만은 본능적으로 검을 세웠다.

휭!

순간 한빈의 검이 사라졌다.

생각지도 못한 묘한 움직임이었다.

이 움직임은 계약서가 날아올 때와 똑같았다.

마치 검이 휘어지는 듯한 움직임에, 위상만은 자신도 모르게 몸을 날렸다.

무림인이라면 치욕으로 생각하는 나려타곤(懶驢打滾)의 수법이었다. 게으른 당나귀가 바닥을 구르는 듯한 낭패한 형상.

위상만이 그만큼 급했다는 것이다.

그 모습에 한빈이 웃었다.

"어디 한번 놀아 볼까?"

한빈은 여유 있는 웃음과 함께 푹 꺼진 땅을 바라보며 눈을 찡긋했다.

이것은 감사의 인사였다.

푹 꺼진 땅 가장자리에 보이는 곡괭이의 흔적.

그 흔적은 적혈맹호대의 부대주인 심미호의 것이었다.

한빈은 월아를 들고 천천히 위상만에게 다가갔다.

순간 위상만이 일어났다.

주춤주춤 뒤로 물러선 위상만이 벽까지 몰렸다.

구석에 몰린 위상만의 표정이 갑자기 밝아졌다.

위상만은 벽에 걸린 채찍 하나를 꺼내더니 팔에 감았다.

순간 혈색이 바뀐 위상만이 외쳤다.

"네놈이 간이 배 밖으로 나왔구나!"

갑자기 변한 기세.

채찍을 두르자마자 위상만의 기세가 바뀌었다.

무림삼존에 버금가는 기운이었다.

하지만 한빈은 당황하지 않았다.

한빈은 위지천과의 싸움에서 구월석을 어떻게 이용해야 하는지를 깨달았다.

구월석은 힘을 빌려 쓰는 방법의 하나!

즉, 자신의 힘이 될 수 없었다. 그 이야기는 힘을 사용할 수는 있어도 통제할 수는 없다는 말이었다.

통제할 수 없는 힘은 주인을 먹어 치우기 마련이었다.

위상만의 기세가 점점 커지자 한빈은 고개를 돌렸다.

미소를 감추기 위해서였다.

구월석을 어떻게 이런 식으로 사용하는지는 몰라도 지금의 기세는 다른 이의 힘이었다.

즉 완벽하게 통제할 수 없는 힘이라는 말이었다.

강호 아니 중원의 모든 역사를 보면 남의 힘을 쓴 대가는
혹독했다.

통제할 수 없는 힘을 손에 넣은 이는 그 힘에 의해 무너지
고는 했다.

고개를 돌린 한빈을 본 위상만이 말했다.

"내 예상이 맞았군. 너는 간이 배 밖으로 나온 놈이었어.
같잖은 하북팽가가 위씨세가를 넘보다니!"

"아직도 세가 타령인가? 그렇게 큰 힘을 얻었으면 조금 더
멀리 봐야지."

"멀리 봐야 한다고? 이번 일이 끝나면 하북팽가는 세상에
서 지워질 것이야. 그 모든 것이 너 때문이겠지."

"나 때문이라고?"

"널 보기 전까지는 하북팽가 따위는 안중에도 없었다. 우
린 강호 자체를 눈에 담지 않았으니까. 그런데 네놈의 그 상
판을 보니 마음이 달라지는군. 그러니 네놈이 여기에 나타난
것을 원망하거라."

"의외인데!"

한빈은 미간을 좁히며 위상만의 표정을 살폈다.

그 말마따나 그의 말은 조금 의외였다.

위씨세가가 무림 공적으로 몰리게 된 것은 모두 하북에서
의 대결에서 패한 이후부터였다.

그와 더불어 황궁의 철저한 조사는 덤이었다.

그 후 위씨세가는 산산이 흩어지게 되었다.

그 위씨세가의 이권은 모두 이무명의 이씨검가에서 물려받았다.

만약 당시 한빈의 활약이 없었다면, 위씨세가는 아직도 강남 무림을 쥐락펴락했을 것이다.

그런데 하북팽가는 안중에도 없었다고?

섭섭하기도 하고 다행이라는 생각도 들었다.

만약에 부활한 위씨세가가 하북팽가를 노렸다면 제법 타격을 입었을 터였다.

얼마 전까지만 해도 모든 신경이 영웅 대회에 집중되었으니 말이다.

생각해 보면 영웅 대회 기간 동안에 각 문파 혹은 무림세가는 빈집에 가까웠다.

대부분은 중요 전력들이 무당산에 있었으니까.

그런데 그때를 치지 않았다면?

위상만의 말대로 정파의 세력들은 안중에 없었을지도 몰랐다.

한빈이 한 발 앞으로 나가며 피식 웃었다.

"간이 배 밖으로 나온 건 내가 아니라 당신 같군."

"내가 간이 배 밖으로 나왔다고?"

위상만이 미간을 꿈틀대자, 한빈이 다시 말을 이었다.

"솔직히 말하면 나는 아예 간이 없거든."

"간이 없다고? 노부와 장난하자는 건가?"

"그러니 이런 호랑이 굴에 왔겠지."

"호랑이 굴이라는 것을 알면서 여기까지 왜 발을 들였는가?"

"그야 호랑이를 두려워하는 용은 없으니까."

말을 마친 한빈은 재빨리 용린검법의 초식을 다시 떠올렸다.

'반박귀진.'

한빈의 몸 주변으로 빠르게 용린의 기운이 덮였다.

미세한 용린의 기운이 안쪽에서 날뛰는 기세를 완벽하게 잠재웠다.

이전과 같은 수법이었다.

준비를 마친 한빈은 힐끔 뒤를 돌아봤다.

그곳에는 설화와 청화 그리고 초아가 전리품을 정리하고 있었다.

누가 봐도 튈 준비를 하는 것이 분명했다.

한빈은 흡족한 표정으로 고개를 끄덕였다.

"다들 준비하고!"

순간 설화는 재빨리 백호와 나머지 보따리를 안았다.

설화는 뒤를 보며 일행에게 눈짓했다.

하지만 초아는 이해가 안 된다는 듯 위상만을 향해 튀어 나갈 준비를 했다.

그 모습에 설화가 재빨리 초아의 소매를 잡아끌었다.

"초아 언니는 아직도 믿음이 부족하네요."

"아무리 그래도 주군을 여기에 남겨 놓고 가는 건……."

"그래서 믿음이 부족하다는 거예요. 괜히 저희가 끼어들면 공자님이 다쳐요!"

"다친다고?"

"지금 저 표정 잘 보세요."

설화가 한빈을 가리키자, 청화가 고개를 끄덕였다.

설화의 말에 동의한다는 의미였다.

설화와 청화는 초아의 소매를 잡고 탈출을 위해 뒷걸음쳤다.

초아가 뒤로 물러나자 자청도 조용히 뒷걸음쳤다.

모두가 물러나자 한빈이 재빨리 달려들었다.

'일촉즉발!'

눈 깜짝할 사이에 위상만의 앞에 도착한 한빈.

위상만이 슬쩍 입꼬리를 올렸다.

순간 위상만의 채찍이 그의 팔 안쪽으로 파고들었다.

안쪽으로 파고든 채찍은 은은한 붉은빛을 피워 냈다.

위상만이 바닥에 떨어진 흑색 검을 잡자, 흑색의 검이 붉은색으로 변한다.

붉은색 팔과 붉은색 검.

마치 거대한 붉은색 구렁이 같았다.

위상만의 오른팔과 그의 검이 하나가 되어 검기를 피워 냈다.

뒤쪽에서는 이를 알아본 초아가 조심하라고 소리쳤다.

하지만 그 목소리는 한빈의 귀에 닿지 않았다.

위상만이 피워 낸 검기 때문이다.

그 검기가 어찌나 드센지 주변에 기막을 만들어 냈다.

아직도 붉은색 검기는 퍼져 나가고 있었다.

퍼져 나가는 붉은색 검기는 아무렇지 않게 공간을 잡아먹었다.

위상만이 슬쩍 입꼬리를 올렸다.

"너는 내게 시간을 주어서는 아니 되었다."

"내가 당신에게 준 것은 시간이 아닐 텐데……."

한빈이 어깨를 으쓱했다.

이것은 진심이었다. 한빈은 그에게 시간을 준 적이 없었다.

그저 덫을 놓고 기다릴 뿐이었다.

한빈은 조용히 위상만을 바라봤다.

위상만이 눈웃음을 지었다.

이전과는 비교할 수 없는 여유였다.

한참 동안 여유로운 눈빛으로 한빈을 바라보던 그가 천천히 입을 열었다.

"마지막 가는 길에 섭섭하지 않게 이 수법의 이름을 알려 주마. 바로 만인지상이라는 검초다. 그러니 잘 기억해 두도록 해라. 이 검보다 무거운 검은 세상에 없을지니, 그리고 이 검보다 세상에서 빠른 검은 없을지니…….”

“지루하니 그만하지.”

한빈이 손바닥을 보이자, 위상만이 웃었다.

“오만하군.”

“칼은 맞대 봐야 제맛 아닌가? 긴 혀를 자랑하지 말고 이제는 검을 자랑해 보시지.”

“그게 소원이라면…….”

위상만이 자신 있는 눈으로 한빈을 바라봤다.

순간 주변의 공기가 다시 바뀌었다.

주변으로 퍼진 기파가 공간 안에 있는 모든 사물을 누르기 시작한 것.

넓게 퍼진 붉은색 기운은 주변의 모든 기운을 빨아들이고 있었다.

이것은 검기상인의 경지를 넘어선 또 다른 단계였다.

붉게 변한 위상만의 검은 모든 것을 먹어 치우는 이무기가 되었다.

그때였다.

양의 가면을 쓴 고수 하나가 비명을 질렀다.

“아악!”

비명을 지른 고수의 발밑에는 붉은색 기운이 흩어져 있었다.

그 붉은색 기운은 양의 가면을 쓴 고수의 내공을 빨아들이고 있었다.

외공의 고수라고는 하나, 내공이 아예 없을 수는 없는 법이었다.

심지어 그 기운은 내공을 빨아들이는 데 그치지 않고 양의 가면을 쓴 고수의 피까지 빨아들이고 있었다.

고수의 상처 사이로 나간 핏방울이 위상만의 붉은색 검으로 빨려 들어가고 있었다.

위상만의 기운은 지칠 줄 몰랐다.

붉은색 기운은 줄어들기는커녕 점점 늘어났다.

점점 커진 붉은색 기운을 피해 모두가 뒤로 물러났다.

이윽고 검이 피워 낸 기파가 주변 스무 걸음 이내를 모두 잡아먹었다.

이상한 것은 한빈만 영향을 받지 않고 있다는 점이었다.

위상만이 비릿한 웃음을 지었다.

"너무 자만했군. 내가 쓰는 기운과 자네의 기운이 상충한다는 것은 이미 알고 있었네. 아마 그게 자네의 발목을 잡을 것이야."

"과연 그럴까?"

"그렇게 자신한다면 피해 보시지!"

말을 마친 위상만이 천천히 걸어왔다.

뚜벅뚜벅.

한 걸음 한 걸음이 아주 느려 보였다. 아니 무겁게 보인다
고 해야 정확한 표현일 것 같았다.

 그의 걸음걸음은 마치 성문이 닫히는 것처럼 육중해 보였
다.

 위상만이 움직이자, 한빈도 앞으로 나아갔다.

 순간 한빈의 눈이 커졌다.

 만인지상이란 검초의 비밀을 알 것 같아서였다.

 이 초식의 핵심은 압도적인 내공이었다. 그 내공으로 상대
를 찍어 누르는 것이 이 초식의 요결이 분명했다.

 한빈이 생각하기에 만인지상이란 초식명은 어울리지 않았
다.

 위상만의 검은 탐관오리와 비슷했다.

 누군가의 고혈을 빨아서 자신의 검을 완성했으니 말이다.

 이제는 주변의 공기가 완전히 달라졌다.

 한빈도 자신의 발걸음이 묘하게 무거워진 것을 느꼈다.

 발걸음만이 아니었다. 손에 들린 월아도 이상하리만큼 무
겁게 느껴졌다.

 아마도 만인지상이라는 위상만의 초식 때문인 것 같았다.

 기파를 넓게 펼쳐 자신의 공간 안에 상대를 가둔다라?

 위상만은 기파 안에 가둔 상대의 고혈을 빨아 힘을 더 키
우고 있었다.

 이건 어부가 그물을 펼친 것과 같았다.

그렇다면 한빈은 위상만의 그물에 걸린 물고기인 걸까?

물론 한빈은 그물에 걸린 물고기가 아니었다.

위상만은 자신이 감당 못 할 물고기를 향해서 그물을 던진 것이다.

사실 한빈이 기다린 순간도 바로 지금이었다.

구월석의 힘을 완벽하게 개방하지 않는다면 한빈의 계획은 성공할 수 없었다.

한빈은 위상만의 힘이 무궁무진함을 깨달았다.

위상만이 쓰는 힘은 그의 단전에 한정되지 않았으니까.

과연 그 힘의 한계는 어디까지일까?

지금 보니 위상만은 구월석의 힘을 완벽하게 개방했다.

한빈은 다가오는 위상만을 향해 검을 휘둘렀다.

획!

한빈은 반박귀진과 전광석화 이외에 다른 수법은 쓰지 않았다.

간결한 동작으로 월아를 이용해서 위상만을 노렸다.

획! 획!

하지만 한빈의 검은 위상만의 옷자락에도 스치지 않았다.

계속 허탕 치는 한빈의 모습에 위상만은 헛웃음을 지었다.

"대체 기세 좋던 모습은 어디로 간 것이냐?"

"난 지금 힘을 숨기는 중이야."

"과연 그럴까?"

"마음대로 생각해!"

한빈은 쉬지 않고 검을 움직였다.

물론 한빈의 검은 여전히 위상만에게 닿지 않았다.

반대로 위상만의 검은 한빈의 요혈을 계속 공략하고 있었다.

한빈과 위상만 사이에는 하나의 공통점이 있었다.

방어는 없고 공격만 있는 이상한 상황이라는 점이다.

이상하게도 한빈은 위상만의 검을 막지 않았다.

빠른 발을 이용해서 그의 공격을 피할 뿐이었다.

위상만은 한빈의 공격을 막을 필요가 없었다.

한빈의 검이 그를 위협한 적이 없으니 말이다.

위상만이 다시 검을 내리그었다.

태산이 쪼개질 것 같은 흉흉한 기세.

그 검에 한빈이 뒤쪽으로 물러났다.

하지만 동작이 늦었는지 위상만의 검기에 한빈의 어깨가 상했다.

순간 한빈의 어깨에서 피 분수가 솟았다.

누가 봐도 쓰러져야 정상이었다.

그 상황에도 한빈은 위상만을 향해 뛰어들었다.

파박!

위상만이 뒤로 물러나며 다시 한빈의 가슴을 그었다.

다시 피 분수가 솟아올랐다.

위상만은 한빈의 피를 뒤집어썼다.

그때였다.

한빈이 입에서 선혈을 토해 냈다.

"푸읍!"

토해 낸 선혈이 위상만의 얼굴을 덮었다.

순간 한빈이 피식 웃었다.

위상만도 마주 웃었다.

"이제 끝났군."

"그래, 덕분에 무사히 끝났어."

"마지막까지 입만 살았군."

"입만 산 것은 아니지."

한빈이 손가락을 튕겼다.

딱!

위상만이 움찔하며 물러났다.

하지만 그것도 잠시, 주변을 살피던 위상만은 아무 일도
일어나지 않자 피식 웃었다.

"마지막 발악이었군."

"움직여 봐."

"지금 뭐라 했나?"

"움직여 보라고."

한빈이 손가락을 까닥이자, 위상만이 움찔했다.

"어, 어떻게 된 거지?"

"이제야 덫에 걸렸다는 것을 인정하나?"

한빈은 재빨리 허공을 바라보고 초식을 떠올렸다.

'금의환향.'

순간 한빈의 구결과 쓸 수 있는 초식이 회복되었다.

하지만 기사회생은 쓰지 않았다.

아직 상처를 치료할 수는 없었다.

위상만을 옭아 넣은 덫은 바로 한빈의 피였다.

한빈의 피에는 용린의 힘이 담겨 있었다.

그 힘이 상대를 감싸면 어떻게 될까?

위상만의 눈빛은 태풍 앞의 호롱불처럼 흔들리고 있었다.

한빈은 월아에 묻은 자신의 피를 털어 내고는 천천히 그에게 다가갔다.

다음 권으로 이어집니다